KB036191

변변찮은 마술강사와 **10**

추상일지 ―메모리 레코드―

emory records of bastard magic instructor

Memory records of bastard magic
instructor

CONTENTS

"얘, 얘! 루미아, 이것 좀 봐! 그리운 걸 발견했어!"
"응? 뭔데? 시스티…… 와, 이건!"

시스티나가 내민 물건을 보고 눈을 동그랗게 뜬 루미아가 곧 활짝 웃었다.
한 장의 사진이었다.
시스티나와 루미아의 투샷.
둘의 모습은 지금에 비해 약간 어렸고, 교복도 새것이었다.
그렇다. 이 사진은 그녀들이 알자노 제국 마술학원에 입학할 당시에 찍은
것이었다.
"응, 시스티나랑 루미아…… 역시 귀여워."
"후훗, 고마워, 리엘."
"왠지 쑥스럽네."
리엘이 발돋움을 해서 사진을 들여다보자, 루미아와 시스티나가 미소 지었다.
"그건 그렇고 이제 와선 좀 그렇네."
"그러게. 이때는 글렌 선생님도, 리엘도 없었고…… 생각해보면 우리 주위도
참 많이 변한 것 같아."
"변한 건 환경뿐만이 아니야. 이래 보여도 우리도 꽤 성장했잖아?"
"응, 정말……."
루미아가 변화를 실감하며 감회에 젖은 순간.
"……근데 변하지 않은 부분도 있단 말이지."
시스티나가 게슴츠레한 눈으로 투덜거렸다.
"어?"
"응…… 전혀 안 변했어."
시스티나의 시선은 사진의 어느 부분에 닿아 있었다.
두 사람의 가슴 부위였다.
"……."
"무, 무슨 소리야? 시스티."
루미아가 눈을 깜빡거리는 한편, 시스티나는 자신들의 실제 가슴과 사진의
가슴을 비교해 보았다.
"역시…… 하나도 안 변했잖아……."
"시, 시스티?!"
절망에 빠진 시스티나는 그 자리에 주저앉고 말았다.

오늘도 페지테는 평화롭다.

변변찮은 마술강사와 추상일지 10
—메모리 레코드—

Memory records of bastard magic instructor

히츠지 타로 지음
미시마 쿠로네 일러스트
최승원 옮김

당신을 만나서 정말 다행이야.

세라 실바스

Memory records of bastard magic instructor

세리카
아르포네아

알자노 제국 마술학원 교수.
외모는 젊어도 글렌을 길러준
부모이자 마술 스승이기도 한
수수께끼가 많은 여성. 글렌이
엮이면 팔불출이 된다.

리엘
레이포드

제국 궁정 마도사단 특무분실
소속. 루미아의 호위로
마술학원에 편입했지만
어째선지 글렌의 등만 쫓고 있다.

루미아
틴젤

청초하고 마음씨 고운 누구에
게나 사랑받는 인기인. 목숨을
걸고 자신을 구해준 글렌을
일편단심으로 사모하고 있다.
글렌과 시스티나가 싸울 때는
자주 중재 역할을 맡는다.

시스티나
피벨

「강사 킬러」라는 별명을 가진
고지식한 우등생. 글렌의 적당한
태도를 흘려 넘기지 못하고
매번 설교하는 모습은 이미
학원의 명물이 됐을 정도다.

알베르트
프레이저

제국 궁정 마도사단 특무분실
소속. 글렌의 전 동료. 제국에서
손꼽히는 저격수이자, 전투에서
첩보에 이르기까지 수많은
임무를 완수해온 초일류 마도사.

글렌
레이더스

주인공. 알자노 제국 마술학원의
마술을 싫어하는 마술 강사.
만사에 무책임하고, 의욕 제로.
마술사로서도 삼류라서 장점은
전혀 없는 셈. 그런 그의 진정한
모습은―?

세리카의 남해 대모험

Celica's South Sea Adventure

Memory records of bastard
magic instructor

"게 잡으러 가자."

이번 일의 발단은 아무런 전조도 없는 세리카의 그 한마디에서 시작되었다.

이곳은 점심시간을 맞이한 알자노 제국 마술학원의 교실.

여전히 돈이 없어서 시로테를 질겅질겅 씹고 있던 글렌의 앞에 홀연히 나타난 세리카가 느닷없이 그런 영문을 알 수 없는 말을 꺼낸 것이다.

"응? 뭘 잡겠다고?"

"그러니까 게 말이야. 게. 게 잡으러 가자고."

글렌이 눈을 끔뻑거리며 되물었지만, 돌아온 것은 달리 해석할 여지가 없는 대답이었다.

아무래도 세리카는 진심으로 게를 잡으러 가려는 모양이다.

"뭐?! 그게 대체 무슨 소리야! 내가 왜!"

당연히 글렌은 반발했다.

"자자, 진정해. 글렌. 뭐…… 그건 표면상의 이유고 사실 이건 숭고한 마술 연구와 신비 탐구의 일환이라고."

그러자 세리카가 여유 있는 표정으로 설명하기 시작했다.

"너, 카르키노스는 알아?"

"카르키노스라면…… 그 레어한 마수 게를 말하는 거지?"

글렌은 기억을 끄집어내서 대답했다.

"껍질이 자연계의 마력을 풍부하게 함유하고 있어서 다양한 마술 도구나 마술약의 귀중한 소재가 된다고 하는……."

"좀 더 덧붙이자면 살이 끝내주게 맛있어서 3성 레스토랑에서도 자주 못 내놓는 환상의 고급 식재료이기도 한데…… 뭐, 그건 아무래도 상관없고."

세리카는 품속에서 마술 논문 뭉치를 꺼냈다.

"저번 학회에서 굉장히 흥미 깊은 발표를 봤거든. 제국 해양 조사단이 남쪽 베링 해역에서 초거대화된 카르키노스의 존재를 관측했다더군."

"뭐……?"

논문을 받아서 대충 넘겨보자, 사역마의 눈을 통한 원격 탐사 결과이긴 해도 확실히 그런 뉘앙스의 보고가 적혀 있었다.

카르키노스의 몸길이는 평균 2미트라 정도지만, 보고서에 기록된 개체의 크기는 놀랍게도 20미트라 이상이었다고 한다. 다시 말해, 평균의 열 배. 말 그대로 자릿수 자체가 달랐다는 뜻이다.

"왠지 수상한걸. ……이거 사역마는 뭘 쓴 거지? 관측법은? 관측 정밀도는? 관측 조건은? 사역마의 「눈」을 제대로 교정둔 건 맞아? 조건에 따라 관측 오차가 열 배쯤 나는 건 흔한 일이지만, 이 보고서를 봐선 애초에 조사 자체가 꽤 엉성했던 모양인데."

글렌은 바로 논문의 허점을 날카롭게 지적했다.

"그 마수 카르키노스의 거대화라니…… 너도 마술사라면 그 이유가 뭔지 궁금하지 않아?"

하지만 세리카는 듣는 척도 하지 않고 설명을 재개했다.

"너도 알다시피 카르키노스의 껍질은 귀중한 마술 소재야. 이 거대화의 원리가 판명되면 제국의 마술 발전에 크게 기여할 수 있겠지. 난 일개 제국민으로서 이 나라의 약진에 한몫 거들고 싶어. 어때? 글렌. 이제 좀 날 돕고 싶어졌지? 게를 마구마구 잡고 싶어지지 않아?"

그리고 보기 드문 진지한 표정으로 역설했다.

"흐음~ 그래. 뭐, 대충 무슨 이야기인지는 알겠어. ……그 래서. 진심은?"

"뭐, 딱히 초고급 식재료인 카르키노스를 한번 배 터지게 먹어보자! 같은 생각은 눈곱만큼도 안 했다만?"

글렌이 눈곱만큼도 이해하지 못한 눈초리로 따지자 세리카는 태연자약하게 대답했다.

"……야."

"아니, 진짜라고. 믿어줘, 제자님. 이번에 내가 게를 잡으러 가는 건 무척 중대한 이유가 있어서라고. 트러스트 미."

툭.

그 순간, 세리카가 등 뒤에 감추고 있던 책 한 권이 바닥으로 떨어졌다.

재빨리 그 책을 낚아챈 글렌은 바로 책 제목을 확인했다.

"「절품! 연회용 게 요리 모음집」……."

"오오? 이상하네. 그런 책이 왜 하필 이런 곳에 떨어져 있는 걸까~?"

세리카는 엉뚱한 곳으로 시선을 돌리며 휘파람을 불었다.

"그, 뭐냐. 즉, 그거구나? 넌 그냥 게가 먹고 싶은 것뿐이지?"

"데헷~♪"

그리고 아이가 하면 귀여웠겠지만, 어른이 하면 그저 딱하게만 보이는 자세로 웃었다.

"웃기지 마아아아아아아아아아아아아아아아아! 내가 왜 네 식도락에 어울려줘야 하는데!"

글렌은 당연히 세리카의 멱살을 잡고 따질 수밖에 없었다.

"그리고 베링해라면 수수께끼의 해난 사고가 끊이지 않는, 한 번 가면 두 번 다시 돌아오지 못하는 걸로 유명한 마(魔)의 해역이잖아! 심지어 유령선이 출몰한다는 소문도 있고! 그런 위험한 장소엔 못 가!"

"호랑이를 잡으려면 호랑이 굴에 들어가야 하는 법이라잖아."

"애초에 그쪽 항로는 해적이 우글거리는데…… 놈들이랑 한바탕하는 건 사양이거든?!"

"왠지 해양 모험 소설 같아서 흥분되는 걸. 후훗, 해적과 해상전이라…….”

“애초에 이 거대 카르키노스가 정말로 있다고 쳐도 그걸 함부로 잡아도 되는 거야? 이런 건 제국 조사단의 관할 아니냐고!”

“안심해, 글렌. 내가 곧 법이니까.”

대화가 조금도 맞물리지 않았다.

“야, 너 지금 장난해?!”

제아무리 글렌이라도 인내심이 바닥날 수밖에 없었다.

“매번 네가 일으키는 소동에 말려들기만 했지만, 이번만큼은 남자답게 한마디 해줘야겠구만! 야, 세리카!”

세리카를 날카롭게 돌아보며 강하게 외쳤다.

“적당히 좀 해! 네 변덕스러운 행동엔 이제 진절머리가 난다고! 잘 들어! 난 그런 위험한 짓은 절대로 못 해! 절대로!”

—고유마술 【문설트 점핑 오체투지】를 시전하면서.

“남자답게 한마디 해주는 거 아니었냐?”

“부탁하는 자세로 이보다 더 남자다운 건 없어!”

글렌은 바닥에 이마를 쿵쿵 찧으며 외쳤다.

“난 안 가! 아니, 못 가! 날 끌어들이지 마십쇼! 갈 거면 혼자 가달라고요! 제바아아아아아아알!”

“《그대는 섭리의 원환으로 귀환하라·오대원소는 오대원소로·상과 섭리를 잇는 인연은—.”

그런 꼴사나운 모습 앞에서 세리카는 왼손에 무지막지한

마력을 끌어 모으며 세계 최강의 공격 주문인 흑마 개량형 【익스팅션 레이】를 영창하기 시작했다.

어설트 스펠

그리고—.

————.

"뭐, 뻔하다면 뻔하지만."

글렌은 시스티나, 루미아, 리엘을 돌아보며 말했다.

"제7계제의 뜻을 거스르는 건 무리더라."

셉텐데

"표정은 왜 또 그렇게 쓸데없이 자랑스러우신 건가요? 선생님."

그러자 시스티나가 마치 의무인 것처럼 게슴츠레한 눈으로 태클을 걸었다.

이곳은 크고 작은 다양한 범선들이 정박 중인 어느 항구 도시.

세리카의 억지에 휘둘린 그들은 어느새 페지테를 떠나 이런 곳까지 끌려오고 만 것이었다.

"아무튼 미안하게 됐다. 너희들까지 말려들게 해서. 나도 이번만큼은 남자답게 한마디 해주긴 했는데……."

"……뭐, 본인이 그렇게 생각하신다면 그걸로 된 거 아닐까요."

사실 당시 세리카와 글렌의 상황을 옆에서 처음부터 끝까지 지켜봤던 시스티나는 그저 어이가 없을 따름이었지만 말이다.

"그건 그렇고…… 우린 지금부터 베링 해역으로 가는 거죠? 그럼 배는 어쩌실 거예요?"

"그러게. 그런 위험한 곳에 가려면 평범한 규모의 배로는 안 될 텐데 말이야. 그리고 그걸 움직일 선원들도……."

시스티나의 의문에 루미아가 약간 불안한 얼굴로 반응했다.

"음, 괜찮아. 난 잘 모르겠지만, 내가 모두를 위험에서 지킬 테니까. ……이 검으로."

리엘이 여느 때와 같은 무표정이지만, 충분히 기합을 넣고 고개를 끄덕였다.

"마음은 고맙지만, 이번 일에 네 검은 거의 도움이 안 될걸."

글렌은 한숨을 내쉴 수밖에 없었다.

"뭐…… 배는 세리카가 찾으러 간 모양인데……."

"하긴, 교수님이라면 그런 건 알아서 잘하시지 않을까요?"

그런 식으로 대화를 나눈 순간.

"애들아~!"

세리카가 손을 흔들며 다가왔다.

"배 구했어! 바로 출발할 테니 얼른 와!"

"후우…… 젠장. 결국 이 순간이 와버린 건가."

"이 세상엔 저항할 수 없는 흐름이라는 게 있잖아요. ……그만 포기하고 가죠. 선생님."

글렌이 의기소침해지자 시스티나도 어깨를 늘어트리며 동의했다.

그렇게 일행은 세리카의 안내를 따라 선착장으로 이동했다.

"······어, 진짜?!"

그런 일행의 눈에 들어온 것은 어마어마하게 훌륭한 범선이었다.

주위에 모인 수많은 선원이 분주히 사다리를 오가면서 출항 준비를 하고 있었다.

"서, 선생님. 저거 『비토리아 퀸호』예요!"

시스티나는 눈을 휘둥그레 뜨고 말했다.

"몇 년 전에 진수식을 마친 뒤로 수많은 난관을 돌파해온 제국 현 최고 수준의 선박! 당연히 선원들도 엄선된 정예들뿐이라는 그······!"

"저 녀석의 연줄은 진짜 어떻게 돼먹은 거지?"

글렌도 경악한 나머지 입을 떡 벌릴 수밖에 없었다.

"그, 그래도 이런 굉장한 배에 탄다니······ 아무리 목적이 게라지만 솔직히 좀 흥분되는데?"

"후훗, 기뻐 보이시네요. 선생님."

갑자기 의욕이 샘솟는 글렌을 본 루미아가 미소 지었다.

"당연하지! 이러니저러니 해도 해상 모험은 남자의 로망이니까! 이거 모험심이 불타오르는걸? 자, 그럼 출발하자! 애들아! 미지의 바다로……"

그렇게 외친 글렌이 의기양양하게 사다리에 발을 걸친 순간.

"야~ 글렌. 그쪽이 아니라 이쪽."

"응?"

어느새 멀리 떨어져 있던 세리카가 일행을 부르며 손을 내저었다.

"어? 저건……."

그 옆에는 누가 봐도 누추한 배가 비토리아 퀸호의 그늘에 가려진 채 정박해 있었다.

거기다 크기도 원양용 선박이라기 보단 요트에 가까울 정도로 작았고, 높은 파도에 휩쓸리면 그대로 침몰하지 않을까 싶을 정도로 낡아빠진 배였다.

"어? 설마 그거. 그게 우리가 탈 배라고?"

"맞아. ……이 『싱킹호』야말로 이번 항해를 나서는 우리의 유일무이한 파트너지."

"""……."""

그런 고물 배 앞에서 전원이 잠시 침묵한 후.

"나, 집에 갈래!"

단숨에 모험심이 사그라진 글렌은 등을 돌리고 도주를 감행했다.

"이런, 《멈춰》."

"으갸아아아악?! 다리가! 다리가아아아아아아아아아!"

하지만 세리카가 즉흥 개변한 한 소절 마비 주문에 맥없이 걸려버리고 말았다.

"겉모습만 보고 판단하지 마. 이래 봬도 꽤 좋은 배다?"

세리카는 다리가 굳어버린 글렌을 어깨에 짊어지고 유유 자적하게 걸음을 옮겼다.

"싫어어어어어어! 이게 무슨 배야! 수장용 관이지!"

몸부림치며 저항했지만, 그래봤자 다리가 마비됐으니 달아날 수 있을 리 없었다.

"애초에 이런 작고 낡은 배가 베링해의 거친 파도를 견딜 수 있을 리 없잖아!"

"괜찮아, 괜~찮아. 나도 나름 생각해둔 바가 있거든. 그래서 쟤들도 불러온 거고."

"이젠 그냥 불길한 예감밖에 안 들어! 누가 나 좀 살려주세요오오오오오오오!"

그래도 저항을 멈추지 않는 글렌을 세리카는 짐짝처럼 배에 실었다.

"솔직히 지금 당장이라도 도망치고 싶은데……."

"교수님이 진심이신 것 같으니, 아무리 발버둥 쳐봤자 무리일 거야……."

"음. 배를 보니 저번 수학여행이 떠올라. ……기대돼."

시스티나, 루미아, 리엘은 제각기 다른 반응을 보이며 세리카의 뒤를 따랐다.

이렇게 그들의 후회로 가득한 항해가 막을 올렸다.

————.

내리쬐는 햇살. 시원한 파도 소리.

사방을 둘러봐도 수평선밖에 보이지 않는 대해를 느리게 나아가는 배 한 척.

지금 그곳에서는 소녀들의 즐거운 웃음소리가 울려 퍼지고 있었다.

"역시 바다는 넓구나~!"

"응, 그러게. 시스티!"

시스티나와 루미아였다.

수영복 위에 상의를 걸친 그녀들은 난간 앞에서 바닷바람을 맞으며 바다를 바라보고 있었다.

"응. 즐거워."

그 너머의 바다 위에서는 마찬가지로 수영복을 입은 리엘이 개헤엄을 치는 중이었다.

한편, 세리카는 갑판 위에 펼친 선베드 위에 누워 있었다.

"어때. 오길 잘했지?"

당연히 그녀도 수영복 차림이었다.

아슬아슬한 비키니로 그 매력적인 육체를 태양 아래에 아낌없이 드러낸 그녀는 선글라스를 쓰고 주스를 한 손에 든

채 느긋하게 일광욕을 즐기고 있었다.

"자, 잠까아아아아아아아아아아아아아안!"

그런 일행 앞에서 글렌이 소리쳤다.

"너희들은 왜 또 한껏 들떠서 크루징을 즐기고 있는 건데?! 웁…… 우웨에에엑!"

"서, 선생님! 괜찮으세요?"

갑자기 헛구역질을 하는 글렌을 본 루미아가 걱정스러운 얼굴로 달려왔다.

"제, 젠자앙…… 뱃멀미가 심했던 걸 깜빡했네. 아니, 아무튼! 야, 인마 세리카! 너 대체 무슨 생각이야? 애들한테 갑자기 수영복을 입히나 싶더니만 그냥 맘껏 놀게 내버려두다니!"

글렌은 비틀거리며 세리카에게 다가갔다.

"너, 지금 우리가 어디로 가는지 알기는 해? 베링해거든? 그 유명한 마의 해역! 그야 아직은 파도가 잠잠하지만, 그렇다고 이리 느긋하게 있어도 되겠냐고! 이대로면 난파, 조난 코스 확정이거든?!"

"너도 참 걱정도 팔자다."

세리카는 선글라스를 올려 쓰며 글렌을 올려다보았다.

"말했지? 나도 나름 생각해둔 게 있다고. 이것도 다 필요하니까 하는 일이야."

"허어? 호오? 흐응~? 여자들이 수영복 입고 하하호호 노닥거리기만 해도 거친 바다를 넘을 수 있다면 항해사가 왜 필요하겠어!"

"거참. 이건 남자라면 누구나 군침을 흘릴 만한 상황 아닌가? 너도 좀 더 솔직하게 즐기는 건 어때? 자자, 잘 봐. 수영복을 입은 내 모습, 섹시하지 않냐?"

"수영복 입은 할망구를 보고 뭘 어쩌라고! 아니, 난 애초에 뱃멀미랑 불안 때문에 그럴 상황이 아니거든?!"

글렌이 깽깽거리자 세리카는 어깨를 으쓱였다.

"나 원, 어쩔 수 없구만. 그럼 슬슬 왜 우리가 이런 모습으로 놀고 있는 건지 설명해주지."

그리고 빨대로 주스를 한 모금 빨아들인 후 입을 열었다.

"네가 보기에 이번 항해의 문제점은 뭘 거 같아?"

"전부야! 전부!"

"그래. 가장 큰 문제는 배야. 확실히 네 말대로 이 배로는 베링해의 거친 파도를 견디지 못하겠지. 그렇다면…… 이제 나머지는 말하지 않아도 알겠지?"

"하나도 모르겠거든?!"

세리카가 의미심장하게 웃었지만, 글렌은 알아듣지 못한 기색이었다.

"둔하기는. ……뭐, 이제 곧이려나?"

이날.

《바다의 악마》라고 불리며 이 해역 일대를 지배하는 해적선 시데블호는 큰 충격에 휩싸였다.

"두, 두모오오오오오옥! 전방 2시 방향에 배가 보입니다!"

"이리 내!"

누가 봐도 해적다운 험상궂은 낯짝의 블랙 선장은 부하에게서 뺏은 망원경을 들고 선수에 서서 2시 방향을 확인했다.

그러자 허름한 배와 그 위에서 절세의 미녀와 미소녀들이 노는 광경이 눈에 들어왔다.

덤으로 핼쑥해진 남자 한 명도 있었지만, 그쪽은 일단 무시하기로 했다.

"헤헤헤…… 생긴 꼬락서니를 봐선 화물은 별거 없을 거 같으니 평소였다면 무시하고 지나쳤을 텐데 그 대신 극상의 보물을 넷이나 싣고 있잖냐. 저것들을 잡아서 팔아치우면 한몫 단단히 잡을 수 있겠어!"

"크헤헤…… 두목~ 혹시 우리 다음 사냥감이 정해진 겁니까?"

"그래, 물론이지! 짜식들아! 돛을 펴고 닻을 올려라! 작업 칠 시간이다!"

""""우오오오오오오오오오!""""

바다의 거친 남자들이 환호성을 터트렸다.

"으헤헤, 그런데 두목…… 저 녀석들을 팔아버리기 전에 우리도……."

"그래, 당연하지. 너희도 한동안 못 해서 쌓여 있잖아? 오늘 밤은 우리 시데블 전원이 저 보물들을 돌려쓰면서 주지육림 파티를 벌여보자고!"

"역시 두목은 우리 마음을 잘 알아!"

"""우오오오오오오오오오오오오오오오오오오오오!"""

이렇게 해서 해적선 시데블호는 사냥감으로 정한 가엾은 작은 배를 향해 움직였다.

————.

"……뭐, 이 배로 안 되겠으면 뺏으면 그만이잖아?"

"넌 악마냐!"

이 배를 향해 다가오는 거대한 해적선을 본 글렌은 머리를 감싸 쥘 수밖에 없었다.

"설마 그러려고 쟤네를 데려와서 일부러 수영복까지 입힌 거였어?! 대체 뭐냐고! 그 악질적인 함정은!"

"우와……."

글렌은 물론이고 시스티나와 루미아까지 기겁했다.

"아니, 실은 조금 전에 항구에서 적당한 배를 슬쩍할까 했는데~ 아무래도 범죄는 뒤처리가 좀 성가셔서 말이지~."

"거기서 이유가 「해선 안 되는 일이니까」가 아니라 「뒤처리가 성가시니까」인 시점에서 넌 이미 틀렸거든?!"

"그렇지만 해적선은 뺏어도 전혀 문제 될 게 없잖아? 범죄자한테 인권은 없고, 마침 제법 좋은 배를 타고 왔기도 하고."

"무슨 저녁 메뉴를 정하는 주부처럼 말하지 말아줄래?! 나도 딱히 범죄자를 옹호할 생각은 털끝만큼도 없다만 이 말만큼은 해야겠어! 에잇, 해적 형씨들! 당장 도망치십쇼!"

"이런, 선장님. 이제야 저쪽도 우릴 눈치챘나 본뎁쇼?"

"크크크, 늦었어. 이젠 놓칠 수 없지. ……지금쯤 저쪽은 공포로 제정신이 아닐 거다!"

"그래서 「도망치자!」가 아니라 「도망치십쇼!」라고 한 걸까요? 뭐, 그런 건 사소한 문제지만 말임다!"

"그러게나 말이다! 크크크…… 으하하하하하하하하하하하!"

하지만 그 비통한 외침이 해적들에게 닿을 리는 없었고, 세리카는 당당하게 선수에 서서 해적들을 맞이했다.

그리고 양손에 엄청난 마력을 끌어모으며 외쳤다.

"자, 가자! 얘들아! 작업 시간이다!"

"대체 어느 쪽이 해적이야?!"

―――.

훗날.

제국 해군 소속 배가 표류 중인 낡은 배를 한 척 발견했다.

그 배 안에는 흠씬 두들겨 맞은 수십 명의 사내들이 꽁꽁 묶인 상태로 가득 실려 있었다.

그러나 놀랍게도 그들의 정체는 해군조차 애먹고 있던 그 일대를 주름잡는 해적단 시데블의 멤버들이었다.

그런 바다의 악마들의 처량한 말로에 해군 장교들은 그야말로 경악을 금치 못했다.

그래서 상황을 파악하기 위해 심문에 들어가자, 해적들은 저마다 입을 모아 이렇게 대답했다고 한다.

진정한 「바다의 악마」를 만났다고…….

─────.

"배, 접수 완료!"

"이래도 되는 거야? 우리, 진짜 이래도 되는 거 맞아?"

콧대를 한껏 세운 세리카에게 글렌은 그저 의무처럼 태클을 걸 수밖에 없었다.

"우와, 굉장해……."

"응. 비토리아 퀸호랑 비교해도 별 차이가 없겠어."

조금 전의 해적 행위를 이미 기억 저편으로 날려버린 시스티나와 루미아는 연신 감탄하며 선내를 살폈다. 세 개의 마스트와 열 개가 넘는 돛으로 다양한 방향에서 불어오는 바람을 이용해 재빠른 선회가 가능한 고속 프리깃이었다.

"리엘도 잘했어. 훌륭해."

"응. 글렌은 거짓말쟁이야. 검도 제대로 도움이 됐는걸."

"이런 식으로 도움이 될 줄 누가 알았겠냐고."

세리카가 머리를 쓰다듬어줘서 기쁜 듯 눈을 가늘게 뜬 리엘에게 글렌이 투덜댔다.

"아무튼 이 배의 입수 경위는 기억에서 완전히 지워버리기로 하고! 야, 세리카. 여기서 또 큰 문제가 발생했거든?"

"뭔데?"

"뭐긴 뭐겠어. 이런 큰 배를 대체 무슨 수로 움직일 건데?"

글렌은 엄지로 배를 척 가리켰다.

"이 배는 프리깃. 고작 몇 명에서 다룰 수 있는 물건이 아니야. 우리가 조금 전까지 탔던 소형선이라면 마술로 바람을 생성해서 순간적으로 조금씩 움직이는 걸로도 충분했지만, 이런 대형선으로 장거리 항해를 하려면 그런 방식으로는 마력이 턱 없이 부족해."

범선은 항해사의 지시에 따라 다수의 선원이 돛을 조작해서 움직인나.

즉, 마침 운 좋게 얻은 선박이라도 그것을 다룰 선원이 없다면 해류를 따라 이리저리 흘러 다닐 뿐인 뗏목과 다를 바 없는 것이다.

"아니, 그냥 현재 진행형으로 위험해. 이대로 가면 우리도 표류행이라고."

그야말로 갈수록 태산이었다.

둘의 대화를 들은 소녀들도 그제야 불안한 표정을 지었다.

"괜찮아, 괜~찮아. 내가 다 생각해둔 게 있거든."

하지만 세리카는 평소처럼 불길한 예감밖에 들지 않는 미소를 지으며 가슴을 펼 뿐이었다.

─────.

외국의 해양 모험선 레이디럭호는 베링 해역을 향해 항해 중이었다.

캡틴 커크스가 이끄는 이 배의 선원들— 커크스 탐험대의 멤버들은 지금까지 다수의 해역을 거쳐 가며 수많은 모험과 드라마를 경험한 끝에 마침내 여기까지 도달한 것이었다.

"이제…… 머지않았군."

선수에 서서 바닷바람을 맞고 있던 캡틴 커크스는 아득히 먼 수평선을 바라보며 입을 열었다.

"그러게요, 선장님. 여기까지 온 이상 그 마의 해역, 베링 해는 바로 코앞이에요."

항해사이자 이 배의 홍일점인 리샤도 감회 어린 표정을 지었다.

"그래, 전설로 유명한 마성의 다이아몬드 『낙일의 블러디 하트』…… 그것이 잠들어 있는 바다에 드디어 우리가 도착한 거야."

커크스는 지금까지의 여정을 돌이켜보았다.

"많은 일이, 있었지……."

"예, 정말 많은 일이 있었죠."

리샤는 커크스의 바로 옆에 붙어서 고개를 끄덕였다.

"때로는 태풍과, 때로는 해적들과 싸우기도 하며…… 생과 사의 갈림길에 놓인 적이 한두 번이 아니었지."

"하지만 선장님은 그 모든 위기를 극복하셨어요. 당신의 용기와 결단력이 이뤄낸 값진 승리였는걸요."

"나 혼자만의 힘이 아니야."

커크스는 부드럽게 웃으며 리샤를 바라보았다.

"이 배의 믿음직한 동료들이 날 지탱해준 덕분이지. 그리고 무엇보다 네가 있어준 덕분에 난……."

"서, 선장님……."

리샤도 뺨을 붉히며 그의 눈을 바라보았다.

그렇다. 수많은 모험과 역경을 겪는 동안 둘은 서로를 사랑하게 된 것이었다.

"리샤."

커크스는 그런 리샤의 눈을 직시하며 한 가지 결심을 했다.

"만약 내가 베링해에 도달해서 전설의 『낙일의 블러디 하트』를 손에 넣는다면. 이 모험을 끝낼 때가 온다면 그때는……."

"서, 선장님……?"

"그때는…… 나와 결혼—."

그렇게 젊은이들이 새콤달콤한 청춘을 만끽하려는 순간.

"크, 큰일입니다! 선장님!"

감시대의 갑판원이 숨을 헐떡이며 달려왔다.

"무슨 일인가!"

"유, 유령선입니다! 유령선이 나왔습니다! 지금 우리 배를 추격하고 있단 말입니다!"

"무, 뭐? 유령선이라고?! 그런 게 이 세상에 있을 리 없잖은가! 에잇, 망원경을 이리 내도록!"

갑판원에게서 망원경을 받은 커크스는 그가 가리키는 방향으로 시선을 돌렸다.

그러자 그곳에서는—.

한 척의 대형 프리깃.

그리고 그 갑판 위에서 수많은 해골 선원들이 꿈틀거리며 돛을 움직이는 끔찍한 광경이 펼쳐져 있었다.

"지, 진짜 유령선이잖아아아아아아아아아아아아!"

"꺄아아아아아악!"

선장인 커크스를 포함한 전원이 공황 상태에 빠졌다.

"어, 어어어, 어쩌죠? 선장님! 저 배의 기이한 속도로 봐선…… 이대로 있으면 곧 따라잡힐 겁니다!"

"에잇, 진정해! 일곱 바다와 수많은 모험을 겪어온 레이디 럭의 선원이 고작 이런 일로 당황하지 마라! 포격 준비!"

"옛썰! 포격 준비 개시!"

하지만 역전의 선원들은 전전긍긍하면서도 빠르게 싸울 준비를 갖추기 시작했다.

"키를 우로 완전히 꺾어! 우현 포열 준비! 발사!"

"""발사!"""

쾅! 쾅! 쾅!

선장이 명령을 내리는 동시에 우현의 포문에서 포탄들이 해적선을 향해 일제히 발사되었다.

"사격 중지! 해치웠나?"

"미, 믿을 수가 없어…… 선장님! 머, 멀쩡합니다! 상처 하나 없다고요!"

"이, 이럴 수가! 강고한 성벽조차 날려버리는 마도 카로네이드를 맞고도 멀쩡해?! 저것이야말로 유령선이 지닌 저주의 힘이라는 건가?"

유령선의 경악스러운 방어력에 선원 모두가 아연실색한 순간, 저쪽에서 신호탄이 하늘로 쏘아졌다.

"신호탄……? 노, 놈들이 뭐라고 하는가!"

"저, 저건?! KILL THEM ALL…… 끝까지 싸우겠다는 선전 포고입니다! 저쪽은 투항을 받아들이지 않고 이쪽이 전멸할 때까지 싸울 작정이에요!"

"뭐라고?! 우, 우리를 죽여서 자기들의 동료로 삼을 속셈인가?!"

선내가 더 큰 혼란에 빠지자 마침 유령선이 새로운 움직임을 보였다.

선체가 수면 위로 떠오르더니 레이디럭호를 향해 무시무시한 속도로 날아오기 시작한 것이다.

도저히 배로 보이지 않는 그 움직임을 목격한 선원들의 공포는 마침내 한계에 도달했다.

"으아아아아아아악! 우린 이제 다 틀렸어! 이대로 저 해골들의 한패가 되고 말 거야!"

"포기하지 마라! 전속력으로 전진! 갑판장, 당장 돛을 펴! 그리고 마조사(魔操士)들은 전력을 다해 바람을 불어넣도록! 이 해역에서 최고속도로 이탈하는 거다! 우리의 모험은 여기까지다아아아아아아아아아아아!"

이렇게 레이디럭호의 목숨을 건 도주극이 시작되었다.

————.

"어라, 놓쳐버렸네. 뭐, 진심으로 하면 여유 있게 따라잡겠지만 아무래도 거리가 이렇게 멀면 좀 귀찮겠는걸."

전(前) 시대블호의 선수에 선 세리카는 수평선 너머로 사라져가는 배에 시선을 고정한 채 아쉬워했다.

결국 포기하고 염동 마술을 해제하자, 하늘을 날고 있던 배가 성대한 물보라를 일으키며 착수했다.

"그건 그렇고…… 항해에는 이런저런 물건들이 필요하니까 물자를 좀 사려고 한 것뿐이었는데…… 저 배는 대체 왜 갑자기 포격을 시작한 거지? 대항 주문^{카운터 스펠}으로 막긴 했지만."

"……."

그 혼잣말을 들은 글렌은 갑판을 둘러보았다.

현재 이곳에서는 세리카가 가져온 용의 송곳니로 대량 생산한 해골 병사형 마도 골렘 『용아병』이 갑판을 청소하거나, 돛을 교체하거나 해서 바쁘게 일하는 중이었다.

"왜긴 왜겠어. 누가 봐도 완벽한 유령선이라서지."

글렌은 어깨를 힘없이 늘어뜨렸다.

"아니, 그보다 리엘! 너는 또 왜 그딴 신호탄을 쏘아 올린 건데?!"

그리고 두 주먹을 리엘의 관자놀이에 대고 빙글빙글 돌렸다.

"페이지를 잘못 봤어."

리엘은 무표정으로 신호 교범 수첩을 들어보였다.

"너, 바보야?! 아니, 바보였지! 너한테 맡긴 내가 바보였어!"

글렌은 자기 머리를 쿵쿵 때리며 한탄했다.

하지만 세리카는 그런 그의 어깨를 토닥거리며 말했다.

"너무 비관할 필요는 없어. 물자는 해적한테서 약탈한 걸로 어떻게든 될 테니까."

"아니야! 내가 말하고 싶은 건 그게 아니라고!"

"자, 그럼 마의 해역까지는 이제 얼마 안 남았어! 힘내서 가보자!"

"싫어어어어어어! 이제 그냥 집으로 돌려보내줘어어어어어!"

망망대해에 글렌의 비명이 울려 퍼졌다.

"이번만큼은 나도 선생님 의견에 동의해……."

"아, 아하하……."

시스티나와 루미아도 힘없이 한숨을 내쉬었다.

이러니저러니 해도 글렌 일행의 모험은 계속되었다.

폭풍우를 만나거나(세리카가 【익스팅션 레이】로 폭풍 자체를 날려버렸지만).

발이 미끄러져서 바다에 빠진 글렌이 거대 상어에 습격당하거나(세리카가 【익스팅션 레이】로 상어를 날려버렸지만).

배가 암초에 걸려서 꼼짝도 못 하게 되거나(세리카가 【익스팅션 레이】로 암초들을 날려버렸지만).

같은 다양한 위기에 직면했지만, 일행은 힘을 합쳐 하나씩 해결해 나갔다.

"……아니, 잠깐 기다려 봐. 우리가 대체 언제 힘을 합쳤다는 거야? 오히려 세리카 혼자면 충분하다는 느낌인데."

"야, 글렌. 왜 갑자기 혼잣말을 하고 그래?"

세리카가 어이없는 표정으로 태클을 걸었다.

이곳은 전 시데블호의 선장실.

현재 일행은 여기서 해도를 펼치고 앞으로의 항해에 관한 회의를 하는 중이었다.

"그보다 드디어 오늘 밤에는 그 게가 발견됐다는 해역에 도착할 거라고? 후훗, 기대되는걸."

"이런 막장을 즐기고 있는 건 너뿐이거든?"

글렌도 이젠 그냥 될 대로 되라는 식이었다.

그러자 시스티나가 마침 생각났다는 듯 말을 꺼냈다.

"그러고 보니…… 지금까진 너무 정신이 없어서 깜빡했는데 베링해라면 『낙일의 블러디 하트 전설』도 유명하지 않아요?"

"그렇긴 해."

글렌은 머리를 긁적였다.

"인간에게 불행을 가져온다는 전설의 다이아몬드 『낙일의 블러디 하트』…… 그걸 손에 넣은 전설의 해적왕 실버 로저를 마지막으로 베링해에서 모습을 감췄다는 이야기는 세계적으로 워낙 유명해서 수많은 소설과 연극으로 다뤄졌을 정도지."

"예. 그래서 아직도 이 해역 어딘가엔 그 다이아몬드가 잠들어 있고…… 지금까지 수많은 모험가와 해적들이 그걸 찾으려다 고기밥이 됐다고 하죠."

그러자 루미아도 장난스럽게 대화에 끼어들었다.

"그럼 만약 이번 항해에서 저희가 그걸 발견한다면 역사에 남을 대발견이 되겠네요."

"맞아! 게를 찾는답시고 이 고생을 하는 것보다야 차라리 그게 더 로망이 있겠어!"

글렌이 호응했지만, 세리카는 책상을 강하게 내리치며 반발했다.

"시끄러워! 먹지도 못할 다이아몬드 따윈 집어치우고 게에 집중해!"

"난 진심으로 네 가치관을 이해 못 하겠다……."

이상할 정도로 게에 진심인 세리카의 모습에 글렌은 게슴츠레한 눈으로 한숨을 내쉴 수밖에 없었다.

―――.

그날 밤.

어둠에 물든 베링해의 해저에서는 저주에 걸려 이곳을 벗어날 수 없는 어떤 원령의 우두머리가 움직이기 시작했다.

『흥, 어리석게도 우리의 지보를 노리는 불한당이 또 나타났는가…….』

그러자 그 말에 호응하듯 새로운 원령들이 어디선가 모여들고 있었다.

『좋다. ……네놈들도 이 심해로 끌고 와서 우리의 동료로 삼아주겠다!』

우두머리의 신호를 받은 해골 모습의 수많은 원령이 해수면을 향해 부상하더니 이 해역을 침범한 괘씸한 배의 선저에 달라붙었다.

　그리고 원령들은 배를 바다 밑으로 잡아당기기 시작했다.

　그렇게 배가 천천히 가라앉는 광경을 본 우두머리는 큰 목소리로 외쳤다.

　『내 이름은 해적왕 실버 로저! 어리석은 인간들이여, 우리가 품은 원념의 무게를 똑똑히 느껴보아라!』

　"서, 선생님! 큰일이에요! 배가 조금씩 가라앉고 있어요!"

　"뭐, 뭐라고?!"

　루미아의 경고를 듣고 갑판 위로 뛰쳐나온 글렌은 난간에서 몸을 내밀었다.

　확실히 배가 조금씩 가라앉고 있었다. 마치 바닷속에서 누군가가 잡아당기고 있는 것처럼.

　"배 밑에 구멍이 난 것도 아닌데 대체 왜?! 이걸 어쩌지?"

　"이런, 역시 나온 건가~."

　그러자 마침 갑판으로 나온 세리카가 하품을 하며 손가락을 튕겼다.

　따악!

『서, 선장님! 큰일입니다! 배가 꿈쩍도 하질 않아요! 아무래도 인지를 초월한 힘으로 해상에 고정한 것 같습니다!』

『뭐, 뭐라고?! 이건 말도 안 돼! 우리가 백 년에 걸쳐서 쌓은 원념의 무게가 통하지 않는다고?!』

『어, 어쩌죠? 선장님! 이대로 있으면 우리 꼴이 왠지 좀 바보 같잖아요!』

『으으으음…….』

"머, 멈췄어……?"

"진짜 성가시게 굴기는."

세리카는 이어서 발로 큰 나무통을 굴려서 가져왔다.

그리고 뭔가 주문을 외우며 통에 손을 댄 후 어깨에 짊어지더니 안에 있는 액체를 그대로 바다에 쏟아붓기 시작했다.

"야, 세리카. 뭐야 그건."

"술."

"……?"

『으갸아아아아아아아아아아아아아아아아악?!』

한편, 바닷속은 그야말로 아비규환이었다.

선저에 들러붙은 원령들이 괴로움에 몸부림치다 하나둘씩 소멸해가고 있었다.

『서, 선장님! 술입니다! 정화의 술이!』

『심지어 이건 우리를 정화하기 위해 성별(聖別)된 술이 아닙니다! 우리의 존재 자체를 소멸시키는 **멸살**의 저주가 걸린 술이에요!』

『이런 강한 저주는 태어나서 처음 봅니다! 우리의 백 년에 걸친 집착과 원념을 아득히 초월했다고요!』

『아무리 상대가 원령이라지만 아무런 망설임도 없이 이런 강한 저주의 술을 뿌린다고? 이게 진짜 사람이 할 짓이냐!』

세리카가 한동안 그렇게 바다에 술을 마구 뿌려대자, 이윽고 바다가 떨리고 하늘이 구름으로 뒤덮이더니 파도가 거칠어지기 시작했다.

"뭐, 뭐지……? 대체 무슨 일이 일어난 거야!"

"서, 선생님! 큰일이에요! 수면 아래에서 뭔가가 떠오르고 있어요!"

시스티나가 그렇게 외친 순간.

첨버어어어어어어어어엉!

거대한 무언가가 바다를 가르며 일행의 바로 옆에 출현했다.

그것은, 배였다.

언뜻 봐도 당장 부서질 것처럼 낡아빠진 배. 보통은 항해 불능 판정을 받았어야 할 그 배가 완전히 해상에 부상하자 갑판 위에서 해골 모습을 한 수많은 원령들이 보였고.

"유, 유령선이다아아아아아아아!"
『유, 유령선이다아아아아아아아!』

글렌의 비명과 유령 선장의 비명이 터진 건 거의 동시였다.
『어?! 뭐야 너희들. 설마 동업자였어?』
일행의 배에 유령선을 가져다댄 유령 선장의 말이었다.
"아니거든?! ……이라고 말하고 싶지만 확실히 그렇게 보일지도!"
글렌은 자기들이 탄 배의 꼬락서니를 확인한 후 대답했다.
『에잇, 아무튼! 너희들은 말이다! 섬세함이 너무 부족한 거 아냐?!』
유령 선장이 울분에 찬 목소리로 외쳤다.
『모처럼 전설의 다이아몬드를 둘러싸고 바다의 용사들과 옛 유령 해적들이 최후의 싸움을 펼치는 최고의 무대잖아! 그럼 예상되는 전개라는 게 있지 않아? 다이아몬드를 사이에 두고 서로의 양보할 수 없는 뜨거운 의지를 주고받는다든가! 선상에서 백병전으로 멋지게 자웅을 겨룬다든가! 그런데 왜 너희들은 느닷없이 비겁한 수부터 쓰는 건데?!』
"저기, 왜 내가 이런 상황에서 원령한테 해상 모험물의 정석에 관한 설교를 들어야 하는 거지? 혹시 나, 전생에 무슨 죄라도 졌어?"

그렇게 중얼거리는 글렌의 표정은 공허함 그 자체였다.

『해상 모험물이라는 건 말이지! 사나이의 로망이라고! 그러니 언뜻 비효율적인 것처럼 보여도 약속된 전개가 중요…….』

"시끄러워, 얼른 꺼져."

촤악!

게슴츠레하게 눈을 뜬 세리카는 유령 선장의 얼굴에 성대하게 술을 끼얹었다.

『꺄아아아아악?! 뜨거워! 이 술만은 제발 좀 참아주세요!』

"하하하하하하하! 날 방해해는 놈들은 몰살이다! 괴롭냐? 히힛, 그럼 더 괴로워해! 아~하하하하하하하하!"

세리카가 엄청나게 사악한 얼굴로 손가락을 튕기자, 그녀의 뒤에서 대량의 술통이 공중으로 떠오르며 유령선 위로 날아갔다.

그리고 일제히 뒤집히더니 내용물을 밑으로 쏟아붓기 시작했다.

『꺄아아아아악?! 살인자!』

『히이이이이이이이이익?!』

『유, 유령 살려어어어어어어!』

아비규환의 지옥도가 펼쳐졌다.

"이제 그냥…… 난 모르겠다."

글렌 일행이 더는 생각하는 걸 포기한 표정으로 그 광경을 바라본 순간.

고오오오오오오오오……

다시 바다가 떨리기 시작했다.

"이, 이번에는 또 뭐야!"

"서, 선생님! 큰일이에요! 수면 아래에서 뭔가가 떠오르고 있어요!"

"또 이 패턴이야?! 반복 패턴은 이제 됐거든?!"

머리를 감싸 쥔 글렌 앞에서 다시 바다를 가르며 물기둥과 함께 모습을 드러낸 것은.

하늘에 닿을 정도로 거대한 게였다.

"뭐, 뭐야 저게에에에에에에에에에에에! 커! 커도 너무 크잖아!"

"서, 설마 저게 보고서에 적힌 거대 카르키노스?!"

"그런데 몸길이가 20미트라는커녕 2백 미트라는 되겠는데요?!"

"오차가 열 배쯤 나는 게 이 업계에선 흔한 일이라지만, 설마 그게 마이너스가 아니라 플러스 쪽일지 누가 예상이나 했겠냐고! 해도 너무하는 거 아냐?! 제국 해양 조사단!"

글렌은 진심으로 조국의 미래가 걱정됐다.

『왔느냐…… 나의 숙적이여!』

한편, 유령 선장은 거대 게를 올려다보며 입을 열었다.

『그래. ……모험 끝에 전설의 다이아몬드를 손에 넣은 우리 앞을 가로막은 최후의 적…… 우리의 해적 인생이 저놈의 손에 의해 막을 내렸던 거다!』

"우와~ 이 망령, 물어보지도 않았는데 혼자서 해설 모드로 들어갔잖아."

『가르쳐주마. 여기까지 도달한 용감한 바다의 용사들이여. ……백 년 전, 이 해역에서 무슨 일이 있었는지. 그래, 모든 비극은 그 저주받은 다이아몬드를 우리가 손에 넣었을 때부터 시작되었던 것이다.』

"아, 이거 길어질 듯."

유령 선장은 다이아몬드의 저주 때문에 자신들이 승천할 수 없게 됐다든가, 저주의 영향으로 게가 더 거대해졌다든가 같은 사실을 밝혔지만, 글렌은 무시했다.

솔직히 아무래도 상관없었고, 실제로 그런 걸 신경 쓸 때가 아니었기 때문이다.

눈앞의 배를 먹이로 인식한 건지 거대한 게가 집게발을 마구 휘두르기 시작했다.

그럴 때마다 파도가 마치 해일처럼 몰아쳤고, 일행의 배는 태풍 속의 나뭇잎처럼 무력하게 농락당했다.

배가 박살 나거나 뒤집히는 건 이미 시간문제였다.

"꺄아아아아악! 리엘이 파도에 휩쓸렸어?!"

"시스티, 꽉 잡아!"

"세리카! 세리카아아아아아아아아아아아아아아!"

마스트에 매달린 글렌은 파도에 흠뻑 젖어가며 외쳤다.

"이대로는 진짜 위험해! 그러니 어서 네 마술로 저걸 해치워버려! 부탁이야! 세리카아아아아아아아아아아아!"

하지만 파도에 흔들리는 선수에 위풍당당하게 서서 게를 올려다보고 있던 세리카는 고뇌에 찬 목소리로 이렇게 말했다.

"미안, 글렌…… 난…… 아무것도 못 해!"

"뭐?!"

글렌은 황급히 세리카에게 달려갔다.

"어째서! 대체 이유가 뭐야! 헉! 설마, 너……!"

한 가지 가능성을 떠올린 글렌은 등골이 서늘해졌다.

그렇다. 사실 지금 그녀는 장시간 마술을 쓰면 목숨이 위험한 상태다. 하지만 본인이 아무렇지 않게 마술을 쓰고 있어서 지금 이 순간까지 그 가능성을 잊고 있었던 것이다.

"그래, 맞아. ……내 마술은 위력이 너무 강해서 아무리 힘 조절을 해도 게의 맛이 떨어질 테니…… 난 아무것도 할 수 없어!"

"이 상황에서 그딴 걸 고민하고 있었어?!"

이토록 세리카를 바닷속에 처넣고 싶어진 건 태어나서 처음이었다.

"글렌, 이 바보야! 게는 신선도와 조리법이 생명이라고!"

그런데도 세리카는 적반하장으로 화를 냈다.

"불꽃 마술을 쓰면 화력이 너무 세서 살이 딱딱해질 테고, 냉기 마술을 쓰면 세포가 파괴돼서 맛이 변해! 그렇다고 분해 소멸 마술을 쓰면 모처럼 구한 게살이 확 줄어들잖아! 도대체 나보고 어쩌라는 거야!"

"그냥 그렇게 해! 주절댈 틈이 있으면 그냥 그렇게 하라고!"

하지만 세리카는 여전히 고민하고 있었다.

"잠시 시간을 줘. 게의 맛과 신선도를 떨어트리지 않고 잡는 마술을 지금부터 천천히 고민해볼 테니까."

"너, 지금, 나랑, 장난해?!"

"걱정하지 마. 반드시 너한테 맛있는 게를 먹여줄게."

"그 전에 우리가 저놈의 맛있는 한 끼가 될 판국이거든?!"

더는 세리카를 의지할 수 없었다.

"아, 진짜! 대체 이 상황을 어쩌면 좋지?!"

글렌이 머리를 감싸 쥔 순간.

"선생님! 저 게의 약점을 알았어요!"

믿음직한 애제자, 시스티나가 곁으로 달려왔다.

"방금 루미아의 《왕의 법》으로 제 마술을 강화해서 저 게를 분석해봤어요! 저 게의 이마 쪽을 봐주세요!"

"이마?"

세리카의 남해 대모험 51

자세히 보니 날뛰는 게의 이마에 해당하는 부분에는 꽤 커다란 붉은 다이아몬드가 박혀 있었다.

"이유는 모르겠지만, 저 게의 영혼과 존재의 본질은 대부분 저 거대한 다이아몬드에 집약된 모양이에요!"

"즉, 저걸 파괴하면 쓰러트릴 수 있다는 거지? 그럼 이야기가 쉽지!"

글렌은 허리에 찬 벨트에서 마총 페네트레이터를 뽑아들고 게를 올려다보았다.

"선생님, 저희는 뒤에서 엄호할게요!"

"부탁할게요, 선생님!"

시스티나와 루미아가 글렌의 뒤에 섰다.

"글렌. 나도 도울게."

전혀 걱정하지 않았던 리엘도 역시나 무사했는지 어깨에 대검을 짊어진 채로 나타나 글렌의 옆에 나란히 섰다.

"그래, 가자! 얘들아! ……《0의 전심》!"

글렌은 마총에 어떤 필멸의 술식을 건 후.

"우오오오오오오오오오오오오오!"

믿음직스러운 학생들과 함께 거대한 게를 향해 달려들었다.

격전은 밤새도록 이어졌다.

그리고―.

————.

"드디어…… 끝난 건가. 이제 해상 모험물이라면 지긋지긋해……."

"저, 저도요……."

눈부신 아침햇살이 내리쬐는 가운데, 잔잔해진 파도 위에서 완전히 넝마가 된 전 시데블호의 갑판에는 글렌 일행이 힘없이 주저앉아 있었다.

그 옆에는 힘이 다한 거대 게가 거품을 문 채 둥둥 떠 있었다.

"으헤헤, 대어다♪ 대어♪"

그리고 세리카는 기쁜 얼굴로 그 게의 껍질을 벗겨가며 마음껏 게살을 채취하는 중이었다.

참고로 바다의 원령들은…….

『멋진 바다의 싸움을 보여준 것에 감사한다. ……이것으로 우리도 겨우 그 다이아몬드의 주박에서 해방돼 저세상으로 떠날 수 있겠군. 작별이다, 진정한 바다의 용사들이여…….』

게를 격파하는 것을 보고 뭔가 만족했는지 그런 일방적인 말을 남긴 채 멋대로 승천해버렸다.

"그 원령들은 결국 뭐였던 걸까요?"

"글쎄다……?"

남겨진 수수께끼에 글렌은 고개를 갸웃거릴 수밖에 없었다.

"아, 혹시."

그러자 루미아가 배시시 웃으며 입을 열었다.

"그분들…… 실은 베링해에서 종적을 감췄다는 그 전설의 캡틴 실버 로저와 그 일당이었을지도요?"

"말도 안 돼! 그 명성이 자자한 전설의 해적들이 설마 그런 웃기는 집단일 리가!"

"하긴 그렇겠네요."

글렌은 부정했고 시스티나도 웃어 넘겼다.

"만약 그 원령이 진짜 실버였다면 정황상 선생님이 부순 그 붉은 다이아몬드가 전설의 『낙일의 블러디 하트』였다는 건데…… 설마 그럴 리 있겠냐구요."

"……"

그 말을 듣고 흠칫한 글렌은 잠시 침묵한 후.

"다, 당연하지! 내가 부순 다이아몬드가 그 전설의 『낙일의 블러디 하트』였을 리 없잖아! 시가로 수십억 아래로는 떨어지지 않을 정도로 귀중한 보석이라 여러 대국이 소유권을 두고 다퉜다는 그 『낙일의 블러디 하트』라니…… 그…… 그럴 리는…… 흑!"

괜히 혼자 흥분하더니 울면서 부정했다.

"응? 글렌, 울어? 왜?"

"아~ 놓친 물고기가 더 커 보이는 법이랄까. ……뭐, 진상은 이제 아무도 알 수 없겠지만."

고개를 갸웃거리는 리엘에게 시스티나는 뭐라 형언할 수 없는 표정으로 대신 대답했다.

그리고 모험을 마치고 돌아오는 도중.

————.

"글렌, 생일 축하한다."

선박 내부의 식당으로 모여 달라는 전언을 들은 글렌 일행이 마지못해 발걸음을 옮기자, 그곳에서 기다리고 있었던 것은 좀처럼 보기 드문 규모의 만찬이었다.

구운 게, 꽃게탕. 삶은 게, 게살수프, 게살 크림 크로켓, 게 그라탱 등으로 구성된 호화로운 게 요리 풀코스였다.

"……어? 뭐야 이건."

"방금 말했잖아? 생일 축하한다고. 글렌. 잔뜩 차렸으니 실컷 먹어."

테이블 맞은편에 앉은 세리카가 싱글벙글 웃고 있었다.

"……서, 선생님의 생일이요?"

시스티나는 눈을 깜빡거리며 글렌에게 시선을 보냈다.

"난 원래 고아잖아? 마술로 검사해서 신체 나이 자체는 판명됐지만, 정확한 생일까지는 알 수 없어서…… 그래서 세리카와 만난 날을 생일로 정했거든. ……요즘 이래저래 바빠서 완전히 까먹고 있었지만."

"뭐야. 너, 이번 모험의 목적이 뭐였는지 진짜 몰랐던 거야?"

글렌은 장난스럽게 웃는 세리카를 본 순간, 불현듯 어떤 기억들이 떠올랐다.

그러고 보니 요즘 시로테로 허기를 채우는 생활을 보내던 중 언젠가 별생각 없이 세리카 앞에서 게가 먹고 싶다는 말을 흘린 적이 있었던가?

세리카가 등 뒤에 숨기고 있던 책의 제목은 「절품! **연회용** 게 요리 모음집」.

그리고 모험을 떠나기 전에 매우 중대한 이유로 게를 잡아야 한다고 했던 세리카의 말.

이 기억들을 종합하면…….

"설마…… 진짜로?"

"계속 그렇다고 말했잖아?"

경악을 금치 못하는 글렌에게 세리카는 말했다.

"난 이러니저러니 해도 누군가의 생일을 축하하거나 축하받는 건 무척 행복한 일이라고 생각해."

"세리카……."

"그야 이건 요컨대, 「태어나줘서 고맙다」는 뜻이잖아? 그렇다면 이건 인간으로서 타인에게 보여줄 수 있는 최대급

친애의 증거 아닐까? 뭐, 너랑 난 진짜 생일이 언제인지도 모르지만 말이지. 그래도 역시 이런 건 중요하다고 봐. 가까운 사이일수록 더더욱. 이래 봬도 난 너랑 만난 걸 진심으로 감사하게 여기고 있거든. 그러니 앞으로도 잘 부탁하마, 글렌."

평소보다 직설적인 그 말을 들은 순간, 가슴이 벅차오르는 동시에 왠지 쑥스러운 기분이 든 글렌은 세리카의 얼굴을 똑바로 쳐다볼 수가 없었다.

"참 나, 웬일로 어울리지도 않은 짓을……."

"히힛."

세리카는 그런 그의 얼굴을 재미있다는 듯 지그시 바라보았다.

"그, 그건 그렇고 설마 선생님의 생일이 오늘이었을 줄은……."

시스티나가 분한 얼굴로 중얼거렸다.

"돌아가면 우리도 뭔가 해야겠네?"

"뭐?! 아, 아니, 난 딱히!"

"음. 난 글렌한테 뭔가 선물할래."

그렇게 해서 글렌의 올해 생일 파티는 게 요리 풀코스와 함께 바다 한복판에서 조촐하게 치러졌다.

'미묘해! 세리카의 요리 솜씨 덕분에 못 먹을 정도는 아니

지만, 이 게살. 너무 크게 성장한 탓인지 맛이 밍밍하고 씹히는 맛도 왠지 미묘해!'

맛은 조금 아쉬웠지만.

추가로 글렌이 돈벌이를 위해 채취한 대량의 껍질도 거대화 때문에 마력이 흩어져서 나중에 떨이로 팔리게 되지만.

그럼에도 올해 생일은 다양한 의미에서 평생 잊을 수 없는 뜻깊은 추억이 되었다.

'정말 하나부터 열까지 미묘했지만…… 모두와 함께 보내는 이런 바보 같으면서도 즐거운 시간이 언제까지고 이어졌으면.'

그녀들과 함께 보내는 일상 속에서 글렌은 내심 그런 소망을 품었다.

집 없는 마술사

The Homeless Sorcerer

Memory records of bastard magic instructor

"이브 선생님, 내일 봬요!"

"안녕히 계세요, 이브 선생님!"

"그래, 너희도 조심히 가렴."

방과 후 알자노 제국 마술학원 본관 건물에서 붉은 머리 미녀— 이브 이그나이트는 입가에 온화한 미소를 지은 채 오늘 수업을 마치고 귀가하는 학생들을 배웅하고 있었다.

원래 그녀는 제국군 제국 궁정 마도사단 특무분실의 실장 이자 집행관 넘버 1《마술사》의 칭호를 받은 대단한 실력의 마도사였지만, 어떤 일을 계기로 이그나이트 가문에서 절연 당하는 동시에 좌천당하는 바람에 현재는 군에서 파견한 전 술훈련 교관이라는 형태로 마술학원의 강사를 맡고 있었다.

엘리트 성향에 귀족이라는 자부심이 강한 그녀에게 이 일 은 참을 수 없는 굴욕이었다.

생활 수준도 상류층에서 서민 수준까지 단숨에 추락한 이 비참한 현실에 절망하며 한때는 자살까지 생각했을 정도다.

하지만 그럼에도 결국 포기하지 않고 이렇게 이 학교에서 강사로서의 일상을 보내는 사이에 서서히 직장동료와 학생 들의 신뢰를 얻고 있었다. 익숙하지 않은 서민 생활에도 슬 슬 적응하기 시작했다.

그리고 무엇보다 어느새 이곳이 그녀에게 있어선 둘도 없이 소중한 장소가 되어가고 있었던 것이다.

'그게 대체 누구 덕분이냐면…… 흥.'

불현듯 한 변변찮은 남자의 얼굴이 떠오르자, 이브는 코웃음을 치고 그 이미지를 머릿속에서 떨쳐냈다.

"이브 선생님, 오늘도 지도 편달에 감사드립니다!"

"내일도 잘 부탁드려요!"

"그래, 열심히 정진하렴. 예습과 복습도 잊지 말고."

이브는 지나가는 학생들과 인사를 나누며 마술학원을 나왔다.

마음속 한편으론 왠지 모를 고양감을 느끼며 퇴근했다.

'딱히 이대로 끝날 생각은 없지만…… 만약 실패한다면…… 이건 이것대로 제2의 인생으로선 나쁘지 않을지도 모르겠네.'

페지테 시내를 걷다가 문득 그런 자신답지 생각이 들자 절로 쓴웃음이 나왔다.

'남은 건…… 사는 곳만 나 같은 고귀한 인간에게 어울리는 격조 높은 집이었다면 좋았을 텐데.'

요즘 유일한 고민거리는 그것이었다.

이그나이트가에서 절연당한 이브는 금전적인 여유가 조금도 없었다.

그래서 현재 그녀가 사는 곳은 페지테 서쪽 지구의 어느 빈민가에 있는 낡아빠진 4층짜리 공동 주택이었다.

처음 봤을 때는 진심으로 개집인 줄 알았다.

'뭐, 배부른 소리겠지. 그 싼 집세 덕분에 겨우 몸치장에 쓸 돈이 남았는걸.'

그녀에게 있어 귀족의 위신을 유지하는 건 무엇보다 중요한 사항이었다.

'그리고 일은 생각하기 나름이야. 어차피 내 인생은 더 이상 나빠질 것도 없잖아? 그러니 나쁘지 않아. ……베스트는 아니지만 이런 생활도 나름 나쁘진 않아.'

그런 생각을 하며 자신의 집이 있는 마지막 길모퉁이를 돈 순간.

화르르르르르르르~!

그 낡은 공동 주택이 눈앞에서 성대하게 타오르고 있었다.

"……응?"

한순간 이게 대체 무슨 일인가 싶어 눈을 깜빡거렸다.

하지만 몇 번을 다시 확인해 봐도 눈앞에서 불타고 있는 건 그녀가 살고 있는 집이었다.

"부, 불이야아아아아아아아!"

"소방대를 불러!"

"빨리 물 가져 와! 물!"

정신을 차리고 보니 어느새 주위는 대피한 주민들과 구경 꾼들이 몰려서 난장판이 된 상황이었다.

"……."

그런 와중에 이브는 멍하니 공동 주택을 올려다보았다.

불타고 있다.

명백한 화재다.

누가 봐도 활활 불타오르고 있었다.

당연히 그녀의 방도 화마에 휩싸였다. 모조리 불타고 있었다.

"저기…… 내 인생…… 더 이상 나빠질 곳이 없는 거…… 아니었어?"

예상치도 못한 충격적인 광경 앞에서 이브는 본인이 마술 로 직접 불을 끄면 된다는 간단한 사실조차 떠올리지 못한 채 모든 것이 불에 타들어 가는 광경을 그저 멍하니 지켜볼 수밖에 없었다.

폐지테 서쪽 지구 빈민가에서 발생한 공동 주택 전소 사건.

주민의 대피가 원활히 진행된 덕분에 다행히 사상자는 없 었다.

그러나 불이 완전히 꺼진 뒤의 그 건물은 더 이상 사람이 살 수 있는 상태가 아니었다고 한다.

—————.

오늘도 평화로운 알자노 제국 마술학원.

오전 수업 일정을 마치고 점심을 먹기 위해 강사들이 대부분 자리를 비운 교무실.

"야, 이브. 너 괜찮아?"

"히익?!"

글렌이 책상에 고개를 박고 엎드려 있는 이브의 어깨에 두드리자마자 그녀는 소스라치게 놀라며 고개를 들었다.

"으헉?!"

"글렌?! 뭐, 뭐야! 함부로 건드리지 말아줄래? 이 변태!"

그리고 평소처럼 매몰찬 차가운 눈으로 노려봤지만, 어째선지 패기가 느껴지지 않았다.

"아, 아니, 미안. ……왠지 신경이 쓰여서. 너 요즘 좀 이상하지 않아?"

"뭐가 어때서?!"

"그야…… 요즘 너 이상하게 기운이 없달까. 무리하는 것처럼 보여서……."

"뭐어?!

뭐가 그렇게 화가 나는지 이브가 평소보다 훨씬 날카롭게 반응하자 글렌은 인상을 살짝 찌푸린 후.

"그리고 이거."

이브의 옷소매를 가리켰다.

옷을 늘 완벽하게 차려입는 그녀지만, 오늘은 웬일로 그 부분만 주름이 남아 있었다.

"몸단장을 완벽히 하는 건 귀족으로서 당연한 일 아니었어? 너답지 않아."

"~~?!"

이브는 황급히 그 주름진 부분을 손으로 가리더니 왠지 분한 눈으로 글렌을 노려보았다.

"이, 이게 뭐! 내 옷차림이 당신이랑 무슨 관계라도 있어?!"

"아니, 그야 없기는 한데……."

글렌이 난처한 얼굴로 뺨을 긁적인 순간.

꼬르륵…….

갑자기 귀여운 소리가 들렸다.

정확히 이브의 배 쪽에서.

"……너."

"~~?!"

수치심으로 뺨을 빨개진 이브는 눈물을 글썽거리며 벌떡 일어섰다.

하지만 그 순간, 그녀의 몸이 휘청거리더니 무릎이 풀썩 꺾였다.

"이런."

힘없이 쓰러지는 이브를 글렌이 팔로 떠받쳤다.

"괜찮아?"

"……헉?! 이, 이, 이거 놔!"

글렌에게 안긴 이브는 얼굴을 더 빨갛게 붉히며 그의 팔을 뿌리치고 뒤로 물러났다.

"으……."

하지만 그대로 힘없이 비틀거리며 뒷걸음질 치다가 뒤에 있는 벽에 등을 기댔다.

"……너, 진짜 괜찮냐?"

"시, 시끄럽네 진짜. 그냥 현기증이 좀 난 것뿐이야."

"역시 이상하네."

그러자 글렌은 가까이 다가와서 이브의 얼굴 쪽 벽에 오른손을 짚더니 얼굴을 바짝 들이밀고 엄지와 검지로 그녀의 턱을 들어 올렸다.

"흠……."

"……?!?!?!"

서로의 숨결조차 느껴지는 가까운 거리에서 이브의 얼굴을 빤히 들여다보는 글렌.

남녀의 체격과 키 차이도 있다 보니 더욱더 크게 느껴지는 글렌의 존재감에 압도당한 그녀는 입가를 파르르 떨면서도 도망치지도 못하고 얼굴을 붉힌 채 몸을 움츠리며 굳어버릴 수밖에 없었다.

"역시 안색이 별로야. 너 요즘 밥은 잘 챙겨 먹고 다녀?

잠은 제대로 자고?"

"시, 시, 시끄러워어어어어어어어어어어어어어!"

이브가 글렌을 밀쳐냈다.

"왜, 왜 내가 당신한테 그런 걸 일일이 보고해야 하는데! 애초에 당신한테 날 신경 쓸 여유가 있기나 해?! 어차피 오늘 점심도 비참하게 시로테나 씹어먹어야 하는 주제에!"

"그 이야기를 꺼내면 할 말은 없다만……."

"아무튼 난 멀쩡해! 이제부터 학교 밖에 예약한 고급 요리점에서 점심 식사를 즐길 예정이고! 그럼 잘 있어! 가난뱅이!"

한층 더 얼굴이 빨개진 이브는 그대로 도망치는 것처럼 교무실을 나갔다.

"……으음."

글렌은 인상을 찌푸리고 그 뒷모습을 쳐다보았다.

"어때? 내 말이 맞지?"

그렇게 중얼거린 순간, 교무실 뒷문이 열리며 세 명의 소녀— 시스티나, 루미아, 리엘이 들어왔다.

"이브 녀석, 요즘 뭔가 이상해."

"예. 방금 이브 씨가 이상했던 건 전적으로 선생님 때문이지만요."

글렌이 고개를 갸웃거리자, 시스티나가 게슴츠레한 눈으로 흘겨보았다.

"안색도 좀 이상했지. ……묘하게 달뜬 느낌이랄까."

"그것도 선생님 때문이거든요? 아니, 그보다 뭐냐구요 그 건. 일부러예요? 일부러 그러신 거예요?"

"이브 씨가 부러워⋯⋯."

루미아는 어째선지 부러운 눈으로 쓴웃음을 짓고 있었다.

"⋯⋯? 뭐, 무슨 소린지 모르겠다만 이브의 상태가 뭔가 좀 이상하다는 건 이해했지?"

"예, 그건 뭐⋯⋯."

시스티나는 헛기침을 하며 뒷말을 이었다.

"선생님의 천연 바람둥이 짓에 농락당해 본인도 모르게 튀어나온 소녀 같은 일면은 일단 묻어두고⋯⋯ 확실히 뭔가 좀 이상하셨죠."

"그러게. 이상하게 지쳐 보이셨는데⋯⋯."

"응. 이브, 왠지 기운이 없었어."

시스티나의 감상에 루미아와 리엘도 동의했다.

"그런데 선생님, 용케 눈치채셨네요? 이브 씨, 평소에 저희 앞에서는 그런 내색을 전혀 안 하셨는데 말이죠."

"예. 항상 귀족다운 완벽한 태도셨어요."

"응. 이브는 늘 멋져."

그러다 시스티나가 갑자기 불안한 표정을 지었다.

"저기⋯⋯ 선생님은 평소엔 이브 씨랑 사이가 나쁘신 데⋯⋯ 의외로 이브 씨를 잘 보고 계시네요?"

"응? 그래? 그냥 보면 평범하게 알 수 있는 정도 아닌가?"

글렌이 눈을 깜빡거리자 루미아도 쓴웃음을 짓고 입을 열었다.

"어쩌면 이브 씨는 선생님께만 보여드리는 무의식적인 틈이 있는 걸지도 모르겠네요."

"그럴 리가. ……아무튼 요즘 저 녀석의 상태가 좀 신경 쓰여서 말이지. 미안하지만 뒷조사를 좀 해볼까 싶은데. 그래서……."

""저희도 꼭 돕게 해주세요!""

글렌이 말을 마치자마자 시스티나와 루미아가 동시에 대답했다.

"평소에 늘 신세 지는 이브 씨를 위해서인걸요! 뭐, 어쩔 수 없죠! 어디까지나 이브 씨를 위해서요!"

"으, 응! 맞아! 왠지 이대로 내버려두면 선생님이랑 이브 씨가 그대로…… 아무튼 우리가 옆에서 감시하지 않으면 위험해! 라는 생각은 조금도 안 했지만!"

"으, 으음……? 뭐가 뭔지 모르겠는데 굉장한 기백이구만. 아무튼 고맙다."

"응. 나도 글렌을 도울래."

시스티나와 루미아의 기백에 압도된 글렌에게 리엘도 고개를 끄덕이며 참가 의사를 밝혔다.

이렇게 해서 글렌과 소녀들에 의한 이브의 뒷조사가 시작되었다.

————.

방과 후, 오늘 수업이 전부 끝나자 이브가 그대로 귀가했다.

"자, 가자. 얘들아."

"아, 예!"

그리고 글렌과 소녀들은 예정대로 미행하기 시작했다.

이브는 그런 줄도 모르고 오늘도 활기찬 페지테의 거리를 뚜벅뚜벅 걸어가고 있었다.

미행을 시작하고 10분 후.

글렌이 왠지 심각한 표정으로 중얼거렸다.

"역시 이상해, 저 녀석."

"예? 어느 부분이요?"

시스티나는 화들짝 놀라며 글렌과 이브를 번갈아 쳐다보았다.

이브는 인파를 사이에 둔 채 약 50미트라 앞을 걸어가고 있었다. 이 위치에서 상대의 상태를 파악하는 건 불가능하다고 생각했지만, 글렌은 확신이 든 목소리로 말했다.

"우리가 이렇게 가까이에서 미행하고 있는데 저 녀석이 전혀 눈치채지 못하는 건 아무리 생각해도 이상하잖아?"

"아."

"빨리 눈치챘으면 걱정할 필요가 없을 텐데 말이지."

글렌은 한숨을 내쉬며 머리를 긁적였다.

"어찌 됐든 저 녀석의 상태가 이상한 건 틀림없어. 이렇게 된 이상 더더욱 이대로 내버려둘 수는 없지. 애들아, 조금만 더 도와줄래?"

"아, 예……."

평소보다 진지한 글렌의 모습에 복잡한 심정이 든 소녀들은 몰래 대화를 나눴다.

「선생님…… 왠지 평소보다 이브 씨를 엄청 신경 써주시는 것 같지 않아?」

「응. 글렌, 필사적이야.」

「그, 그러게. 평소엔 오히려 싸우면 싸우셨지 이브 씨를 배려해주신 적은 없었는데…… 오늘 따라 왠지 좀…….」

「혹시, 선생님은 역시 이브 씨를……?」

「아! 아니야…… 두 분의 사이가 벌써 거기까지 진전됐을 리는……!」

평소와 달리 부자연스러울 정도로 이브를 신경 쓰는 글렌의 모습에 소녀들은 애가 탈 수밖에 없었다.

"그건 그렇고…… 이왕 이 김에 하는 말인데."

그런 가운데, 글렌이 불현듯 이런 말을 꺼냈다.

"저 녀석 평소엔 어떤 집에서 사는 걸까?"

"듣고 보니…… 저희는 이브 씨가 페지테 어디에서, 어떤 집에서 사시는지 전혀 모르고 있었네요."

그러자 시스티나도 그제야 생각났다는 듯 눈을 깜빡거렸다.

"뭐, 이대로 미행하면 그 수수께끼도 풀리겠지만…… 크아~! 저 녀석이라면 분명 좋은 집에서 살고 있겠지!"

"하긴 이브 씨라면 호화로운 대저택에서 살 것 같은 이미지니까요."

"응, 응! 왠지 사용인도 몇 명이나 고용해서 엄청 고급스럽고 우아한 생활을 하고 계실 것 같아!"

"응. 매번 디저트로 딸기 타르트를 먹는 사치도 부릴 것 같아."

루미아와 시스티나와 리엘이 각자 이브의 호화로운 사생활을 멋대로 상상한 순간.

"……응? 어라?"

갑자기 글렌이 의아해하는 반응을 보였다.

"왜 그러세요? 선생님."

"아니, 그게…… 이상하다."

글렌은 걸을 때마다 변화하는 주위의 거리를 훑어보며 말했다.

"저쪽은 페지테의 귀족 전용 고급 수택가랑 성반대 방향이잖아?"

"아, 그러고 보니……."

"오히려 저쪽은 빈민가…… 이브와 전혀 인연이 없는 곳인데…… 무슨 볼일이라도 있나?"

"그, 그럴지도요."

"아, 어쩌면 그게 이브 씨가 기운이 없는 이유일지도……."

넷은 이런저런 추측을 하면서 신중하게 이브를 미행했다.

그리고…….

"이브…… 너 뭐해?"

"아."

그것은 빈민가의 어느 한적한 공원의 광장 구석에 세워진 작고 허름한 천막 앞에서 힘없이 무릎을 끌어안고 앉아 있는 이브를 발견한 글렌이 꺼낸 첫 한마디였다.

"그, 그그그, 글렌?! 다, 다다다다, 당신이 왜 여기에?!"

이브는 노골적으로 동요하며 허둥지둥 댔다.

"그건 내가 하고 싶은 말이다만…… 학교에서 네 상태가 너무 이상해 보여서 미행했어. 그건 그렇고……."

글렌은 주위를 슬그머니 살폈다.

나무와 나무 사이에 매단 밧줄에는 옷가지 등의 세탁물이 널려 있었고, 마치 화재 현장에서 건져낸 듯한 상태의 냄비가 주위의 돌멩이들을 대충 원형으로 모아서 만든 공간에 피운 모닥불 위에 올려져 있었다.

그 하나하나에선 아무리 봐도 진득한 생활감이 느껴졌다. 이브가 여기서 살기 시작한 건 아마 하루 이틀 일이 아니리라.

"다시 한번 말할게. 너, 여기서 뭐하냐?"

"응. 이브, 생존 훈련 중이야?"

글렌이 의문을 표하자 리엘도 천진난만하게 고개를 갸웃거렸다.

하지만 생존 훈련 중이 아니라는 건 보기만 해도 알 수 있었다.

그리고 당사자는 이렇게 된 이상 변명이 통하지 않음을 깨달은 것이리라.

"……."

그대로 입을 다물고 고개를 숙여 버렸다.

그 모습을 본 글렌은 나름 신중히 말을 꺼냈다.

"설마 하는데 이브…… 너 지금 혹시…… 노숙자냐?"

하지만 그것이 이브의 역린을 제대로 건드리고 말았다.

"으아아아아아아아아아아아아아아아아아아아아!"

거친 고함 소리와 함께 그녀의 전신에서 맹렬한 불꽃이 피어오르더니 눈 깜짝할 사이에 지면을 훑으며 글렌 일행을 둘러싸 퇴로를 차단했다.

한적했던 공원이 삽시간에 홍련의 불꽃이 넘실대는 초열지옥으로 변모하고 말았다.

"봤구나…… 잘도…… 잘도오오오오오오오오오오오오!"

완전히 이성을 잃고 폭주 상태가 된 이브가 불꽃을 더 크게 피워 올리며 글렌을 향해 한 걸음 한 걸음 다가왔다.

"죽여…… 죽일 거야…… 죽여버리겠어어어어어어어어어!"

"우왓?! 이브, 멈춰어어어어어어어!"

"이브 씨?! 진정하세요오오오오오!"

어느 공원에서 갑자기 출현한 불꽃의 마인과 글렌 일행의
처절한 사투가 벌어진 순간이었다.

잠시 후,
"하하, 그거참 고생이었겠네. ……설마 고급 주택가에 있
는 네 집이 화재로 전소해버렸을 줄은."
"맞아, 무슨 문제 있어?! 당신이랑은 상관없는 일이잖아!"
뜨거운 사투 끝에 이브를 겨우 진정시킨 글렌 일행은 변
두리 카페에서 사정을 들었다.
"상관없다니…… 아무리 나라도 이런 상황에서 못 본 척
할 수 있겠냐고. 아무튼 네가 무사해서 다행이다."
"흐, 흥! 뭐야 진짜……."
이브가 뺨을 붉히며 시선을 피하자 글렌은 갑자기 생각났
다는 듯 말했다.
"응? 그런데 최근에 고급 주택가에서 불이 난 적이 있었던
가?"
"……?!?!"
"오히려 빈민가의 오래된 공동 주택이 전소해버렸다는 기
사라면 며칠 전에 본 기억이……."
덥석!

그 순간, 이브가 테이블 맞은편에 있는 글렌의 얼굴을 움켜잡더니 그대로 터트려버릴 듯 강하게 힘을 주었다.

"그 이 야 기 는 그만 좀 하자?"

"……옙."

반론을 허락하지 않는 그 기묘한 박력과 압력에 굴복한 글렌은 순종적으로 고개를 끄덕일 수밖에 없었다.

"아, 진짜 최악이야. 가장 들키고 싶지 않은 상대에게, 들키고 싶지 않은 모습을 보이다니……."

이브가 혼잣말을 중얼거리며 머리를 싸매자 루미아가 조심스럽게 말을 꺼냈다.

"저기, 이브 씨…… 앞으로 어쩌실 거예요?"

"뭐…… 한동안 이대로 노숙 생활을 해야겠지."

이브는 토라진 듯 코웃음을 쳤다.

"어쩔 수 없잖아? 가재도구는 하나도 남김없이 불에 타 버렸는걸."

"저기…… 화재보험은요? 혹시 드셨다면 보험금이……."

"보험은 안 들었어."

"아니, 잠깐만. 그건 좀 이상한데?"

그 말을 들은 글렌이 태클을 걸었다.

"고급 주택가에 있는 저택이라면 보통 화재보험이 필수로 가입되잖아. 오히려 보험이 없는 건 빈민가의 오래된 공동 주택 정도……."

덥석!

그 순간, 이브가 테이블 맞은편에 있는 글렌의 얼굴을 움켜잡더니 그대로 터트려버릴 듯 강하게 힘을 주었다.

"그 러 니 까! 그 이야기는 그만 좀 하라니까!"

"……옙."

조금 전보다 더 강해진 기묘한 박력과 압력에 굴복한 글렌은 순종적으로 고개를 끄덕일 수밖에 없었다.

"아무튼! 난 전혀 문제없어."

이브는 머리를 쓸어올리며 단언했다.

"리엘이 말한 것처럼 생존 훈련 중이라고 생각하면 이런 생활도 나름 견딜 만하니까. 그러니 당신들은 이제 내 일에 상관하지 마. 알겠지?"

"알긴 뭘 알라는 거야!"

여전히 타인을 거부하는 이브의 태도에 글렌은 자리에서 거칠게 일어나며 화를 냈다.

그리고 눈을 깜빡거리며 굳어버린 그녀에게 얼굴을 바짝 들이대고 외쳤다.

"너 대체 무슨 생각이야?! 빈민가에서 여자 혼자서 노숙이라니! 그러다 만에 하나 사고라도 당하면 어쩌려고!"

"뭐? 사고? 내가?"

그러자 이브도 울컥해서 노려보았다.

"말도 안 돼. 날 대체 누구라고 생각하는 거야? 이래 봬도 제국 궁정 마도사단 특무분실의 전 실장이거든?"

"그래도 24시간 내내 주위를 경계할 수는 없고 지치면 빈틈이 생기기 마련이야. 그리고 빈민가 악당의 사고방식은 세상 물정 모르는 아가씨인 네 상상을 초월할 정도로 악질적이거든? 마술사가 아니라고 놈들을 얕봤다간 큰코다친다고. 알겠어?"

"……?!"

글렌의 한없이 진지한 눈을 본 이브는 무심코 숨을 삼켰다.

"아무리 강력한 마술사라지만 넌 여자야. ……네 몸을 좀 더 소중히 여겨."

"호, 혹시…… 당신, 날 걱정해준 거야?"

"뭐? 그럼 뭐라고 생각한 건데."

글렌은 자못 당연하다는 듯 말했다.

"그, 그랬……구나……."

하지만 이브는 얼굴을 확 붉히며 고개를 떨구고 입을 다물 수밖에 없었다.

"저기…… 이 인간 오늘따라 왜 이리 느끼한 거야? 뭐 잘못 먹었나?"

"아하…… 아하하…… 어느새 우린 엄청난 위기에 몰린 걸지도……."

그런 둘의 모습을 시스티나는 게슴츠레한 눈으로, 루미아는 씁쓸한 눈으로 지켜보았다.

"아무튼. 당장 네가 살 집에 관한 건 나한테 맡겨둬. 아니, 애초에 후딱 사정을 밝히고 얌전히 날 의지하면 좋았을 텐데 말이지. 참 나."

"으…… 그게……."

"뭐야, 그 표정은. 내 도움을 받는 게 불만이야?"

"아니, 불만은…… 없는데…… 그게, 당신이 이렇게 적극적인 타입일 줄은 몰라서……."

"뭐? 영문을 모르겠네 진짜."

"흐, 흥! 그럼 당신의 호의를 받아들여서 조금만 의지해줄게, 글렌. 저기……."

―고마워.

하지만 고개를 떨구며 작게 속삭인 그 말은 글렌의 귀에는 닿지 않았다.

"저기, 이건 이미 다 끝난 거 아닐까?"

"포, 포기하면 거기서 시합 종료야! 시스티!"

그런 둘의 모습을 시스티나는 눈을 가늘게 뜨고, 루미아는 안절부절못하며 쳐다보았다.

"……? 이브도 시스티나도 루미아도 다들 이상해."

하지만 리엘은 평소처럼 고개를 작게 갸웃거릴 뿐이었다.

그런 미묘한 분위기 속에서 글렌은 별안간 또 초대형 폭탄을 투하했다.

"아, 맞아. 이브. 너 내가 사는 집에서 잠시 체류하는 건 어때?"

""그건 안 돼요오오오오오오오오오오오오오오오오옷!""

하지만 시스티나와 루미아가 속공으로 반대했다.

"너, 너희가 왜 반대하는 거냐?"

"그! 그야 반대하는 게 당연하죠! 젊은 성인 남녀가 한 지붕 아래에서 같이 산다니요!"

"마, 맞아요! 동거라니 그런 부러……운 게 아니라, 그건 절대로 안 돼요! 선생님!"

"응? 어째서? 그치만 난 이미 세리카랑……."

""원래는 그 집에서도 그만 나오라고 하고 싶을 정도라구요!""

왠지 오늘따라 이해할 수 없는 행동만 하는 두 소녀의 모습에 글렌은 한숨을 내쉴 수밖에 없었다.

"아무튼 이 녀석들의 의견은 제쳐두고, 이브. 넌 어때?"

그리고 맞은 편에 앉은 이브에게 시선을 돌렸다.

"글쎄. 방을 빌려준다면 나야 고맙지만."

그녀는 곤란한 표정을 지었다.

"난 집주인인 세리카 아르포네아 여사에게 인상이 별로 안 좋으니까."

"……하긴."

그 순간, 글렌의 머릿속에서는 이브를 소개하자마자 애처럼 토라져서 「됐거든? 난 그런 여자랑 같이 살고 싶지 않아!

흥이다!」라고 외치며 소금을 팍팍 뿌려대는 세리카의 모습이 자연스럽게 그려졌다.

세리카는 진심으로 이브를 「글렌이 군에 있을 때 괴롭히고 마구 부려먹은 성격 더러운 여자」라고 믿는 눈치였다.

그 후에 이런저런 사정을 설명한 덕분에 처음보다 이브에 대한 인상과 관계는 개선되고 있었지만, 대뜸 같이 살겠다는 말을 꺼낸다면 그야 좋은 반응이 돌아오진 않으리라.

"역시 아직 어려우려나."

"이, 이브 씨. 차라리 저희 집에 오시는 건 어떠세요?"

"응. 그거 괜찮을지도. 레너드랑 필리아나도 아마 기뻐할 거야."

시스티나와 리엘이 그런 말을 꺼냈지만, 이브는 이번에도 한숨을 내쉬며 고개를 저었다.

"제안은 고맙지만 그것만은 안 돼. 강사가 학생 집에 신세를 질 수는 없어. 아무리 이런 신세가 됐다지만 나도 자존심이란 게 있으니까."

"그, 그런가요. ……아쉽네요."

본인이 이렇게까지 말한다면 어쩔 수 없었다. 시스티나는 아쉬운 얼굴로 물러났다.

"……그렇다면 역시 이 페지테에서 새집을 찾는 수밖에 없겠군."

글렌은 머리를 긁적이며 말했다.

"정말 찾을 수나 있을까……."

이브는 떨리는 눈으로 불안해했다.

"전에 내가 살던 집도 엄청 고생해서 겨우 찾은 건데……."

"응? 고급 주택가의 저택은 돈만 있으면 얼마든지 구할 수 있잖아? 오히려 빈민가에서 그럭저럭 살 만한 수준의 공동주택을 찾겠다면 그야 고생이겠지만……."

덥석!

그 순간, 이브가 테이블 맞은편에 있는 글렌의 얼굴을 움켜잡더니 그대로 터트려버릴 듯 강하게 힘을 주었다.

"그 러 니 까! 그 이 야 기 는! 그 만 하 라 고!"

"……옙."

훨씬 더 강해진 기묘한 박력과 압력에 굴복한 글렌은 순종적으로 고개를 끄덕일 수밖에 없었다.

"그건 그렇고 이브…… 너, 예산은?"

"……응. 돈?"

이브는 이제 될 대로 되라는 듯 품속에서 지갑을 꺼내서 건넸다.

"그게 지금 내 전 재산이야."

"잠깐 실례…… 흐음, 이건 좀 빡세겠는걸. 네가 차라리 노숙을 하겠다는 심정도 이해하는가."

그녀의 지갑 사정을 확인한 글렌은 생각에 잠겼다.

"그래도 이제 곧 월급날이니까 이 예산으로 이달 집세를 지불할 수 있는 집을 찾는다면……."

이브는 그런 그의 옆얼굴을 불안한 눈으로 쳐다보았다.

"걱정하지 마."

그 시선을 눈치챈 글렌은 격려하듯 일부러 밝게 웃었다.

"난 너랑 달리 이 동네에 빠삭하고 부동산 업자도 많이 알고 있으니까. 반드시 네가 만족할 만한 집을 찾아줄게. 그러니 안심해. 나만 믿고 따라와."

"……!"

그 미소를 본 순간, 이브의 가슴이 크게 뛰었다.

'……헉! 뭐, 뭐뭐뭐, 뭐야 방금 그건! 왜 갑자기 가슴이 뛰는 건데!'

정신을 차린 이브는 머리를 감싸 쥐었다.

'아아, 진짜! 이 인간, 오늘따라 진짜 왜 이러는 거야! 왜 내가 글렌 따위한테 주도권을 뺏겨야 하는 건데!'

가슴속을 휘젓는 달콤한 감정을 얼버무리듯 달아오른 머리를 붕붕 내저은 이브는 여자의 본능을 이성으로 제압하고 스스로를 채찍질했다.

'왜, 왠지 오히려 화가 나네? 내가 누구? 이브 이그나이트 잖아? 긍지 높은 《홍염공》! 그런 고귀한 내가 이런 변변찮은 삼류 서민에서 휘둘리고 주도권을 뺏기는 건 있어선 안 될 일이야!'

승부욕이 강한 이브의 자존심이 이제 와서 별안간 글렌에

대한 대항심을 불태우기 시작했다.

그렇다. 자신은— 분했던 것이다.

'글렌. 당신의 고삐를 쥐고, 주도권을 잡는 건 나! 바로 나야! 당신이 무슨 생각으로 이러는지는 모르겠지만…… 이 이상 당신 멋대로 행동하게 내버려두진 않겠어!'

그런 생각을 한 이브는 사색에 잠긴 글렌의 옆얼굴을 날카롭게 노려보았지만, 어째선지 그런 그녀의 뺨은 어렴풋이 달아올라 있었다.

"망했다. 이건 이미 체크메이트잖아."

"응……."

시스티나와 루미아의 눈빛과 표정이 어두워졌다.

"……?"

그리고 리엘은 여전히 의아한 눈으로 그런 둘을 번갈아 쳐다보고 있었다.

———

"좀 후미진 곳이긴 한데, 여기가 이 페지테에 숨은 대박 물건들을 주로 취급하는 부동산 중개소야."

카페를 나온 일행은 글렌의 안내를 따라 페지테 뒷골목에 있는 어떤 장소에 도착했다.

그곳에는 도저히 영업 중인 걸로는 보이지 않는 노후화된 건물이 들어서 있었다.

"뭐, 여기라면 좋은 물건이 있을 가능성이……."

그 순간.

"그래? 고마워."

새침한 얼굴의 이브가 상쾌하게 머리를 쓸어 올리며 혼자 건물 안으로 들어가려 했다.

"어, 야!"

"나머진 내가 알아서 알게. 당신은 이제 가도 돼, 글렌. 안녕."

그런 쌀쌀맞은 인사말을 남긴 이브는 그대로 가게 안에 들어갔다.

"거참…… 저 녀석, 여기까지 와서 또 왜 저래? 내 신세를 지는 게 그렇게 싫나?"

"후우…… 츤데레라는 건 참 성가시단 말이죠."

"아하하…… 시스티가 할 말은 아닌 것 같은데."

"응. 근데 츤데레가 뭐야?"

이렇게 해서 글렌 일행도 제각기 다른 표정으로 이브의 뒤를 따라 가게 안으로 들어갔다.

가게 내부는 벽과 천장과 바닥에 건물 정보가 기입된 수많은 종이가 붙거나, 널려 있거나, 쌓여 있는 수상쩍고 혼잡한 모습이었다.

그리고 그 광경에 압도된 이브를, 역시 가게의 이런 분위기와 딱 어울리는 양아치 같은 인상의 남자가 쾌활하게 맞이했다.

"여, 어서 오십쇼! 용케 우리 가게를 찾으셨군요! 여긴 나름 숨겨진 우량 물건들이 잔뜩 갖춰져 있습죠. 헤헤헤……."

"그, 그래? 어떤 게 있지? 빨리 소개해줘."

이브는 낡은 책상을 사이에 두고 업자와 마주 앉았다.

그렇게 글렌 일행이 지켜보는 가운데, 수상쩍은 부동산 업자와 이브의 교섭이 시작되었다.

"이브. 보증금이랑 사례금이랑 집세만 너무 신경 쓰지 마. 오히려 중요한 건 배수 시설……."

"아까부터 시끄럽네 진짜! 나도 알아!"

하지만 물건을 살필 때마다 뒤에서 글렌이 어깨너머로 서류를 지적하며 조언했고, 그때마다 이브는 화를 내며 짜증을 부렸다.

"선생님, 가까워요! 가깝다구요!"

뒤에서 시스티나와 루미아가 뭔가 말했지만, 지금은 그쪽을 신경 쓸 겨를이 없었다.

"내가 알아서 한다니까!"

"너, 인마. 말은 그렇게 하면서 아까도 10년이나 묶여 있어야 하는 물건인 줄 모르고 고를 뻔 했잖아. ……심지어 해약금도 엄청 센 걸로."

"윽! 그건······!"

"강 한복판에 있는 정신 나간 입지의 집을 고를 뻔 하기도 하고. 넌 이 동네 지리를 잘 모르니까 그냥 나한테······."

"으으으으~!"

이브가 눈물을 글썽거리며 바로 어깨 위에 있는 글렌의 얼굴을 노려보자, 부동산 업자가 히죽거리며 농담을 던졌다.

"하핫, 사모님. 보아하니 좋은 집 아가씬가 보죠? 그래도 이런 똑 부러진 남편을 잡았으니 다행이네요!"

""아니에요! 부부가 아니라구요오오오오옷!""

그 말을 들은 순간, 시스티나와 루미아가 절규했다.

"왜 아가씨들이 부정하는 거지······?"

업자가 어리둥절해하며 눈을 동그랗게 떴다.

이브의 새집 마련은 그런 혼돈스러운 분위기 속에서 진행되었다.

그리고─.

"이걸로 할게!"

이브가 건물 정보가 기재된 종이를 테이블 위에 올려놓았다.

그 내용을 본 글렌은 눈을 휘둥그레 떴다.

"오····· 단독 주택에 배수 시설도 완벽. 지어진 지도 그리 오래되지 않았고 건물 등급도 높아. 마술학원에선 조금 멀지만 입지 조건도 나쁘지 않군."

"흐흥! 어때, 글렌! 이걸 먼저 찾은 건 나야! 그러니 내가 이긴 거네!"

"이거 무슨 대결이었냐?"

이브가 우쭐댔지만, 글렌은 뺨을 긁적거릴 수밖에 없었다.

"이런 좋은 물건은 또 없어! 바로 계약을……."

"잠깐 기다려봐."

마음이 급한 이브를 글렌이 손으로 제지했다.

"왜 또!"

"아니, 이상하잖아. ……조건이 좋아도 너무 좋아. 파격적일 정도로."

글렌은 업자를 노려보았다.

"이쪽이 제시한 예산으로 이런 물건을 소개해줄 리 없어. 이봐, 업자 양반. ……뭔가 있는 거지? 이 물건."

"하핫, 형씨. 허술해보여도 역시 빈틈이 없구려."

그러자 업자는 어깨를 으쓱이며 자백했다.

"사실 이건 사연이 있는 집인데…… 「나온다」더군요."

"……「나온다」라."

일행은 일제히 입을 다물었다.

"예, 틀림없이 「나온다」고 합니다. 이 업계에서는 유명한 통칭 「G저택」…… 덕분에 지금까지 입주민이 대체 몇 명이나 줄행랑을 쳤는지……."

"……."

"죄송하지만, 이 이상은 수비의무가 있어서 말씀드릴 수 없겠군요. 다만, 그 외의 조건이 여기 기입된 대로라는 것은 보증합니다."

"사연 있는 건물에…… 「나온다」?"

"G…… G…… 혹시 유령^{Ghost}……?"

시스티나와 루미아가 뒤에서 그렇게 속닥거리는 목소리가 들렸지만, 글렌은 일단 이브 쪽을 돌아보았다. 그런 그녀의 안색은 어째선지 약간 파랗게 질려 있었다.

"아, 아쉽게 됐네. 이브."

그리고 위로하듯 그녀의 어깨를 툭툭 두드렸다.

"뭐, 너무 실망하지 마. 끈기 있게 찾다 보면 조만간 또 좋은 물건이……."

하지만 이브는 그런 그의 손을 쳐내고 선언했다.

"상관없어. 이걸로 할게."

""어어?!""

글렌과 시스티나가 동시에 비명을 질렀다.

"야, 잠깐! 이브! 너 진심이야?"

"마, 맞아요! 「나온다」잖아요! 이 집!"

"후우…… 당신들, 대체 뭘 그리 겁내는 건데?"

이브는 어이가 없다는 표정으로 한숨을 내쉬었다.

"우린 마술사잖아? 어지간한 지박령이나 악령을 대처하

는 방법은 얼마든지 있어. 아니면 뭐. 혹시 무서워?"

"누, 누누누, 누가 겁먹었다는 거야! 증거 있어?!"

지금까지 주도권을 잡고 있었던 글렌이 갑자기 소극적이고 한심한 모습을 보이자 왠지 기분이 좋아진 이브는 더더욱 우쭐대며 자신의 의견을 밀어붙였다.

"그렇게 됐으니 이걸로 할게. 계약 절차를 진행해줘."

"으음~ 이쪽도 장사니까 상관은 없습니다만. ……후회하지 마십쇼?"

"응, 당연하지. 전부 자기책임인걸."

이브는 여유 넘치는 표정으로 계약을 빠르게 마쳤다.

"……훗."

"저, 정말로……?"

그리고 의기양양하게 글렌을 흘겨보았지만, 그는 식은땀을 흘리며 그녀를 지켜보기만 할 뿐이었다.

―――――.

새집의 계약부터 입주까지는 무척 순조롭게 진행되었다.

업자의 안내를 받아 이브가 앞으로 살게 될 아담한 집에 도착한 일행은 바로 현관에 발을 들여놓았다.

"굉장해, 이 집……."

"응……."

시스티나와 루미아가 감탄한 것만 봐도 알 수 있듯 귀족에게 어울리는 고급스러운 분위기의 집이었다. 물론 크기는 피벨 저택이나 아르포네아 저택보다 한참 작지만, 혼자 살기에는 충분하고도 넘칠 정도였다.

"이게 그 가격이라니 너무 파격적이잖아. ……여기에 그 「문제」만 없으면 말이지."

"뭐야. 그 「문제」 덕분에 이만한 집을 싸게 얻었으니 난 오히려 대환영인데?"

당사자는 전혀 개의치 않는 기색이었다.

"야, 이브…… 너 진짜로 여기서 살 생각이야?"

글렌이 걱정스러운 표정으로 물은 순간.

사삿…….

집 어딘가에서 그런 희미한 소리가 들린 것 같았다.

"히엑?!"

글렌은 노골적으로 겁을 냈다.

"흥, 문제없어."

하지만 이브는 전혀 신경 쓰지 않는 것처럼 말했다.

"퇴마 의식을 할 거고, 악령 퇴치 결계도 깔 거고, 난 정화의 불꽃에도 자신 있는걸. 만에 하나 나온다고 해도 바로 태워버리면 돼."

"으…… 그래도 역시 뭔가 있다고 여긴. 진짜로."

"아, 시끄러워!"

이브는 끈질기게 물고 늘어지는 글렌에게 짜증스럽게 외쳤다.

"살 사람이 됐다면 된 거야! 이래저래 도와준 건 고맙지만, 이 이상은 쓸데없는 참견이거든?!"

"그, 그런가……."

확실히 살 사람이 만족한다면 어쩔 수 없었다.

글렌은 솔직히 마땅치 않았지만, 물러날 수밖에 없었다.

그리고—.

이브가 새집에 입주하고 글렌 일행이 돌아간 후, 때는 밤.

"후우~!"

욕실에 들어간 이브는 욕조에 느긋하게 몸을 담갔다.

뜨거운 물을 가득 채운 새하얀 욕조 안에 여성으로서 아무런 부족함이 없는 균형 잡힌 아름다운 나신을 뉘었다.

그러자 요 며칠간의 노숙 생활과 이사 때문에 쌓인 피로가 서서히 풀리는 게 느껴졌다.

"아~ 이제 좀 살겠네."

이브는 뜨거운 물속에서 멍하니 숨을 내뱉었다.

"정말 좋은 집이야……."

조금 전에 둘러본 저택의 모습을 떠올리며 감회에 젖었다.

　이 욕조도 예전처럼 다리를 구부려야 겨우 들어갈 수 있는 게 아니라 다리를 쭉 뻗고 편히 누울 수 있는 크기였다.

　"진짜 찾으면 나오는 법이구나. ……이것도 글렌 덕분인가."

　갑자기 쑥스러워진 이브는 입가까지 물에 잠기며 입을 다물었다.

　'……마지막에 그건 좀 너무 쌀쌀맞았지?'

　글렌 덕분에 이런 좋은 집을 찾은 건 틀림없었다.

　하지만 어째선지 그때는 솔직해지지 못해서 마치 그를 볼 장 다 봤으니 쫓아내는 것 같은 형태가 되고 말았다.

　'내일 만나서 제대로 고맙다고 말해야겠네. ……응.'

　이브가 멍하니 그런 생각을 한 순간.

　사삿…….

　저택 어딘가에서 소리가 들렸다.

　사삿…… 사삿…….

　사사사사사삿…….

　사사사사사사사사사사사사삿…….

　"후우~."

절로 성대한 한숨이 나왔다.

"「나왔나」 보네. 나름 꽤 공들여서 친 악령 퇴치 결계인데…… 뭐, 아무렴 어때."

이브는 물을 박차고 일어섰다.

그리고 요염한 나신에 목욕 수건 하나만 걸치고 그대로 욕실에서 나와 복도를 걸었다.

"마침 잘됐어. 이렇게 된 이상 내 손으로 직접 퇴치해주지."

이브의 손에 마치 묘기처럼 눈부신 불꽃이 깃든 십자가형 단검이 출현했다.

이그나이트의 비전【십자성화】.

어지간한 불사자 수백 마리를 해치우고도 남는 최강급 정화 마술이다.

귀를 기울이자 기묘한 소리가 희미하게 들렸다. 2층이다.

"뭐, 이사한 뒤의 대청소라고 생각하면……."

이브는 그런 혼잣말을 하며 떡갈나무로 만든 나선 계단을 올랐다.

————.

한편, 같은 시각.

"이브 녀석…… 정말 괜찮으려나?"

이브의 새집 주변을 어슬렁거리는 인물이 있었다. 글렌이었다.

"설마 저 녀석이…… 「나오는」 집을 고를 줄은……."

자세히 보면 그는 무릎을 덜덜 떨고 있었다.

"후우…… 정말이지, 유령이라면 질색이시면서. 무서우면 그만 돌아가요, 선생님."

그리고 시스티나와 루미아와 리엘은 그런 미묘하게 꼴사나운 글렌의 모습을 뒤에서 지켜보고 있었다.

"나, 난 말이다! 딱히 아무렇지도 않거든?! 하나도 안 무섭거든?!"

새파랗게 질린 얼굴로 허세를 부리고 있는 걸 보니 아직 돌아갈 생각은 없는 모양이었다.

"예, 예……."

시스티나는 어이없는 표정으로 한숨을 내쉴 수밖에 없었다.

"그런데 선생님, 이번에 이브 씨를 위해 진짜 애 많이 쓰셨지……."

루미아가 왠지 안타까운 목소리로 말했다.

"응. 왠지 평소랑 다르셨어. 선생님은 역시 이브 씨를……."

대답하는 시스티나의 목소리도 왠지 의기소침했다.

"으…… 이브만 치사해."

리엘도 왠지 기운이 없었다.

그렇게 소녀들이 저마다 한숨을 내쉰 순간.

꺄아아아아아아아아아아아아아아아아아아아아아
아아아악!

비단을 찢는 듯한 여자의 비명 소리가 날아들었다.

의심할 여지가 없었다. 저택 안에 있는 이브의 비명이었다.

"서, 선생님? 이건!"

"이브!"

조금 전까지 꼴사납게 떨던 모습은 어디로 갔는지 글렌은
비명이 들리자마자 망설임 없이 땅을 박찼다.

"싫어! 싫어어어어어! 오지 마아아아아아아아아아!"

터엉!

저택 현관문을 발로 차서 열고 이브의 비명이 들리는 2층
으로 빠르게 뛰어올랐다.

"이브! 뭐야! 무슨 일인데!"

자세히 보니 복도 쪽에서 힘없이 주저앉은 이브의 등이 보
였다.

"아, 아…… 아아아아아……!"

그리고 그녀의 시야 앞에는 「그 녀석」이 있었다.

전체적으로 검은 광택을 띤 유선형 몸통. 움찔거리는 두

가닥의 긴 촉각. 세 쌍의 다리.

일반가정의 주방에서 제법 자주 보는 존재지만, 크기가 달라도 너무 달랐다.

대체 지금까지 어디 숨어 있었던 것일까. 「그 녀석」의 몸길이는 무려 1미트라를 넘었다.

"G#?! 뭐야, 이게 뭐 이리 커?!"
^{바퀴벌레}

글렌도 그 현실 같지 않은 광경에 눈을 부릅뜬 순간, 울상이 된 이브가 필사적으로 그의 몸에 매달렸다.

"부탁이야! 구해줘, 글렌! 난 G만은 무리라구!"

"야, 야 인마! 매달리지 마! 가만히 좀 있어! 못 움직이겠다고! 으헉?! 오, 온다아아아아아아아아아!"

사사사사사사사사사삿!

엎치락뒤치락하는 둘을 향해 G가 그 거대한 몸에 어울리지 않는 빠른 움직임으로 돌진하는 모습은, 그야말로 악몽 같은 광경이었다.

하지만 어차피 G는 G였다.

거대하고 생리적으로 혐오스러운 무시무시한 존재이기는 했지만, 결국 그 이상도 이하도 아니었다.

이브가 걸리적거리는 와중에도 G를 걷어찬 글렌이 배를 드러낸 G에게 총탄을 몇 발이나 먹여주자 완전히 움직임을

#1 G 바퀴벌레는 일본어로 ごきぶり(Gokiburi). 그래서 G는 주로 바퀴벌레의 은어로 쓰임.

멈추었다.

"허억…… 허억…… 아~ 놀랐다. 이 녀석은 대체 뭐지……?"

"흑…… 히끅…… 고, 고마워. 글렌……."

"으, 응……."

하지만 문제는 아직도 남아 있었다.

"서, 선생님…… 이브 씨…… 지금 뭐 하시는 거예요?"

"아."

그제야 도착한 시스티나의 말을 듣고 눈치챘다.

자신을 끌어안고 있는 이브의 모습.

입욕 중이었던 그녀가 몸에 두르고 있던 목욕 수건은 엎치락뒤치락하는 사이에 이미 바닥에 떨어져 있었다.

즉, 지금 그녀는 완전히 태어났을 당시의 모습으로 자신을 끌어안고 있는 셈이었다.

"꺄, 꺄아아아아아아아아아아아아아악! 싫어어어어어어어어어어어어어어! 보면 안 돼애애애애애애애애애애애!"

"잠깐, 이브! 불꽃은 멈, 으갸아아아아아아아아아악?!"

글렌 일행은 눈이 핑글핑글 돌며 분화한 화산처럼 새빨간 얼굴로 주위를 모조리 태워버리려 드는 이브를 필사적으로 제압했다.

―――――.

통칭 「G저택」.

페지테 부동산 업계에서는 유명한 하자 물건.

소문에 의하면 전에 알자노 제국 마술학원에 근무하는 마도공학 교수 O·S 씨가 「새로운 발명의 실험실로 쓰고 싶다」며 한동안 입주했던 이후, 때때로 저택 안에 거대 G가 출몰하게 되었다고 한다.

하지만 O·S 씨와 그 현상의 인과관계는 아직까지 밝혀지지 않았다.

―――――.

며칠 후.

"여, 이브. 놀러 왔다."

"안녕하세요, 이브 씨! 실례하겠습니다!"

"당신들은 정말……."

현관문을 열자 눈앞에 서 있는 글렌, 시스티나, 루미아, 리엘의 모습에 이브는 한숨을 쉬면서도 안으로 들였다.

지금 그녀가 빌린 이 공동 주택은 결국 글렌이 찾아준 우량 물건이었다.

설비와 가격이 훌륭하고 입지 조건도 나무랄 데 없는, 게

다가 고급스러움까지 느껴지는 청결한 집.

그 G저택보다는 작지만, 방도 세 개나 있어서 역시 혼자 살기에는 충분했다.

"이브 씨! 선물로 케이크 사왔어요!"

"응. 딸기 타르트도."

"제가 홍차를 타올게요."

남의 집이지만 이미 익숙해진 소녀들은 안쪽으로 성큼성큼 들어갔다.

"후우…… 여긴 내 집인데."

"그러게 말이다."

이브가 한숨을, 글렌이 쓴웃음을 흘리며 그런 소녀들을 바라본 순간.

"……고마워."

그녀는 혼잣말처럼 글렌에게 감사의 말을 전했다.

"이번 일은…… 정말 하나부터 열까지 당신 신세만 졌네."

"오? 별일이네. 웬일로 솔직하잖아."

"시끄러워. 나도 이런 기분이 들 때 정도는 있다구."

이브는 새침하게 시선을 피했다.

"그래도…… 아직 모르겠어. 당신은 왜 나한테 이렇게까지 해준 거야?"

"……!"

글렌은 겸연쩍은 얼굴로 잠시 머리를 긁적인 후.

"나도…… 군에 있을 땐 네 신세를 졌으니까."

그런 말을 꺼냈다.

"내가 군에서 이런저런 문제를 일으킬 때마다…… 넌 투덜대면서도 결국 마지막까지 잘 수습해줬잖아? 이제 와서 할 수 있는 말이다만, 솔직히 이래 봬도 난 너한테는 감사하고 있거든. 그러니 뭐…… 이런 거야. 「곤란할 때는 서로 도우면서 살자」는 거지."

"……."

이브는 그런 글렌의 옆얼굴을 잠시 흘겨본 후.

"바보."

다시 시선을 피했다. 하지만 기분 탓인지 뺨이 조금 붉어 보였다.

"야야, 말이 좀 심하잖아……."

"흥, 내 알 바야? 그보다 자, 우두커니 서 있지 말고 얼른 들어와."

이브는 글렌의 팔을 끌어안고 그를 안으로 끌어당겼다.

"어, 어……?"

"으음?! 루, 루미아! 큰일이야! 우리 또 엄청난 위기에 몰린 것 같은 느낌이 들어!"

"우, 우연이네! 나, 나도 왠지 엄청 불길한 예감이……!"

한편, 주방에서는 차를 준비하고 있던 시스티나와 루미아의 안색이 창백해졌고.

"......?"

리엘은 여전히 혼자 고개만 갸웃거릴 뿐이었다.

오늘도 페지테는 그렇게 평화로웠다.

뜨거운 청춘의 권투 대회

The Red-Hot Boxing Tournament

Memory records of bastard
magic instructor

파앙! 팡!

파파파팡! 파앙!

알자노 제국 마술학원의 방과 후 중정에 묵직하면서도 경쾌한 타격음이 울려 퍼졌다.

누군가가 나뭇가지에 매단 커다란 샌드백을 주먹으로 때리고 있었기 때문이다.

마술학원의 강사인 글렌이었다.

권투 자세를 취한 그는 글러브를 낀 양쪽 주먹을 날카롭게 샌드백에 번갈아 때려 넣고 있었다.

"흡! 핫! 쓰읍!"

경쾌한 스텝에서 이어지는 3연속 레프트 잽. 허리 회전이 완전히 들어간 라이트 스트레이트. 이어서 레프트 라이트 훅. 보디. 거기에 한 걸음 크게 파고들며 스트레이트.

파아앙!

"······선생님, 대체 뭐 하시는 거예요?"

정신없이 샌드백을 두드리는 그런 그의 모습을 여느 때처럼 시스티나, 루미아, 리엘이 지켜보고 있었다.

그러자 글렌은 마지막으로 온 힘을 다해 샌드백을 날려버린 후, 마음을 가다듬으며 숨을 내쉬더니 앞뒤로 거세게 흔들리는 샌드백에서 등을 돌리고 이마의 땀을 훔치며 소녀들을 바라보았다.

"보면 모르겠어? 권투잖아."

무척 상쾌한 미소를 띠고.

"아니, 뭐…… 그건 보면 알겠는데요."

그런 이상한 글렌의 모습에 시스티나는 뺨을 실룩거릴 수밖에 없었다.

"제가 묻고 싶은 건 선생님이 왜 난데없이 권투에 눈을 뜨셨냐는 건데요……."

"야야, 하얀 고양이. 혹시 까먹은 거냐? 검술, 권투, 승마, 수렵, 마술은 제국 귀족의 5대 교양…… 신사의 소양이라고? 진정한 신사인 이 몸이 지금 이렇게 다시 권투 훈련에 매진하는 게 대체 뭐가 이상하다는 건데?"

"아니, 뭐…… 음, 뭐……."

뭔가 이야기를 꺼내려다 마는 시스티나에게서 등을 돌린 글렌은 다시 샌드백을 향해 주먹을 들었다.

그리고 연습을 재개하면서 말을 흘렸다.

"전에 말한 적 있었던가? 난 어릴 때, 세리카에게 권투도 배웠다는 거. 마술과 비슷할 정도로 푹 빠진 시기도 있었지."

"……"

계속 주먹을 날리는 글렌의 등을 시스티나는 말없이 지켜 보았다.

　"아침부터 밤까지 정신없이 샌드백을 치고 있으면…… 칠 때 마다 내 주먹이 날카롭게 연마되는 것 같은 감각이 좋았어."

　"……."

　"정확한 자세를 유지하면서 계속 펀치를 날리는 건 괴로 운 작업이야. 그래도 한 번 칠 때마다 조금씩 잡념이 사라져 가고, 사고가 맑아지고…… 정신을 차리고 보면 나는 늘 혼 자 새하얀 세상 속에 있었어. 호흡, 고동, 주먹이 바람을 가 르는 소리……만으로 완결된 조용한 세상은 참 아늑했지."

　"……."

　"그러다 곧 세리카가 어이없는 얼굴로 저녁 먹으라고 부르 러 오면…… 그제야 비로소 이미 해가 저물고 주위가 어두 워졌다는 걸 깨닫는 거야. 세리카가 부르기 몇 초 전까지만 해도 난 분명 그 새하얀 세상 속에 있었는데 말이지."

　"……."

　"그때는 그저 신기하기만 했는데 지금이라면 알 수 있어. 내가 사실 진심으로 권투를 좋아했다는걸. 그래서 다시 한 번 이 길의 끝을 보는 것도 나쁘지 않겠다 싶더라고."

　그렇게 말한 글렌은 더더욱 빠르게 샌드백을 두드렸다.

　하지만 마침 그때 바지 뒷주머니에서 빠져나온 작게 접은 종이 한 장이 하늘하늘 내려와 시스티나의 발밑에 떨어졌다.

"……."

시스티나는 말없이 그것을 주워서 펼쳤다.

그 종이에 적힌 내용은…….

페지테 연례행사, 권투 대회 개최! 우승 상금은 5만 리르!

대회장은 페지테 중앙지구 종합 경기장.

일시는— 참가 희망자의 사전등록 방법은— 참가 자격은—.

"내 이럴 줄 알았지!"

시스티나는 단숨에 종이를 와락 구겨버렸다.

"잠깐만요, 선생님! 갑자기 상쾌한 스포츠 근성물 캐릭터
인 척하지 마세요! 결국 돈 때문이었잖아요!"

"뭐어어어어어어?! 누가 돈 때문이래?! 증거 있어?!"

그 순간, 글렌은 가면을 벗어던지고 속사포처럼 말을 쏟
아내기 시작했다.

"나, 난 딱히 얼마 전에 세리카랑 내기 체스를 두다 폭주
해서 돈을 왕창 날렸다든가! 마술 소재를 사적으로 이용하
다 걸리는 바람에 감봉당해서 이번 달도 대위기! 같은 이유
때문은 전혀 아니거든?!"

"지금 자백하셨거든요?!"

"애초에 5만 리르잖아! 내 월급 몇 달 분이라고! 이런 데 참가하지 않는 놈이 바보지!"

"이젠 숨길 생각조차 없어?!"

시스티나도 샤앗! 하고 위협했지만, 당사자는 어디서 고양이가 우냐는 식이었다.

"흥! 시꺼! 이기면 장땡이라고, 짜샤! 애초에 이건 페지테 귀족회가 주최하는 전통 있는 권투 대회거든? 신분을 불문하고 자유롭게 참가할 수 있고, 아르바이트가 아니라 학교 강사 규정에도 걸리지 않아. 합법이라고, 합법."

"으, 으그그그……."

일리 있는 글렌의 지적에 시스티나는 한순간 말문이 막혔다.

"그, 그래도! 제가 말하고 싶은 건요! 권투는 분명 귀족의 5대 교양 중 하나지만, 영광스러운 마술학원의 강사가 돈 때문에 일반 대회에 참가하는 건 좀 아니잖아요! 선생님은 좀 더 우리 학교의 강사라는 자각을……!"

"멍청아! 직함이나 정론이 밥 먹여 주냐고!"

그렇게 딩딩하게 선언한 글렌은 시스티나를 무시하고 다시 샌드백을 치기 시작했다.

"아무튼 난 내버려둬! 이런 변두리 권투 대회에서 아마추어를 때려눕히기만 해도 5만이라고! 5만! 이런 끝내주는 기회를 놓칠 수야 없지! 으하하하하하하!"

"이, 이 변변찮은 인간이……!"

시스티나는 관자놀이에 시퍼런 힘줄을 세웠지만, 곧 포기한 듯 한숨을 내쉬었다.

"정말이지, 저 인간은 진짜!"

"아하하…… 그래도 시스티. 난 사실 상금이 목적이긴 해도 정당한 대회에 정식 절차를 거쳐서 참가하는 건 딱히 나쁜 일이 아니라고 생각해."

하지만 루미아가 부드럽게 웃으며 자신의 의견을 말하자, 시스티나는 난처한 듯 말을 더듬었다.

"하, 하긴…… 그야 평소에 저지르는 짓에 비하면 이번에는 그나마 나은 편이지만…… 그래도 마술학원 교사가 돈을 목적으로 참가하는 건……."

"승자에게는 명예와 보상이 따르기 마련이야."

루미아는 타이르듯 말했다.

"딱히 권투뿐만 아니라 검술이든 승마든 우수한 참가자에게는 신분을 불문하고 그 활약에 상응하는 찬사와 보상을 보내는 게 이 나라의 전통이잖아?"

제국 귀족의 정점인 왕족의 시점으로.

"응. 난 잘 모르겠는데…… 뭐가 문제야? 시스티나."

리엘까지 의문 섞인 눈으로 물끄러미 쳐다보는 판국이다.

"으그그……."

판세가 불리해진 시스티나는 분한 표정으로 입을 다물 수밖에 없었다.

그 모습을 본 루미아는 자기도 모르게 웃음이 나왔다.

"확실히 명예보다 돈이 목적인 건 선생님답지만…… 저걸 봐, 시스티."

루미아는 샌드백을 치는 글렌을 가리켰다.

"……?"

시스티나가 그걸 따라 시선을 돌린 순간.

"……후! 핫!"

조금 전까지 그녀와 장난치던 모습은 대체 어디로 간 것일까.

글렌은 이미 전부 다 잊어버린 것처럼 세련된 동작으로 일심불란하게 연신 주먹을 휘두르고 있었다.

파팡! 파앙!

샌드백을 때리는 메마른 고음이 단속적으로 울려 퍼진다.

"후웃! 쓰읍!"

훈련에 매진하는 글렌의 눈은 진지함 그 자체였다. 그 옆얼굴을 보고 있으면 영혼이 빨려드는 것 같은 기분이 들었다.

이따금 이마에서 튀는 구슬 같은 땀방울이 말해주는 그의 「본심」.

어지간히 깊이 집중하고 몰두했는지 이미 완전히 자신만의 세계에 빠져 있는 것 같았다.

—권투를 좋아했다.

—정신을 차리고 보면 새하얀 세상 속에 있었다.

아무래도 그건 거짓말이 아니었던 모양이다.

시스티나는 자연스럽게 벅차오르는 가슴을 누르며 멍하니 생각에 잠겼다.

뭔가에 몰두하는 남자의 옆얼굴은 왜 이리도······.

"멋지지 않니? 지금 저 모습."

"흐, 흥! 뭐, 평소처럼 변변찮은 흉계나 꾸미는 게 아니라면 맘대로 하든 말든!"

그러다 루미아의 목소리에 정신을 차린 시스티나는 뺨을 붉히며 황급히 시선을 피하고 말았다.

————.

그리고 이래저래 눈 깜짝할 사이에 시간은 흘러 대회 당일.

글렌 일행은 페지테 중앙지구에 있는 경기장으로 가는 중이었다.

"그런데 설마 이브 씨까지 보러 오실 줄은 몰랐어요."

시스티나가 고개를 돌리자 일행의 맨 뒤에서 이브도 따라오고 있었다.

어제 글렌을 같이 응원하러 가자고 권했을 때 바로 승낙했기 때문이다.

"딱히 격투기 관전을 싫어하는 건 아니라서. 여러모로 참고도 되고."

"아, 그러고 보니 이브 씨도 군인이셨죠."

"전직, 이지만."

이브는 머리를 시원하게 쓸어 올리고 맨 앞에서 걸어가는 글렌에게 말을 걸었다.

"그보다 글렌, 당신. 행여나 진심으로 싸우다 대전 상대를 다치게 하지는 마."

"예이 예이. 알겠습니다요, 실장님. 거참……."

글렌은 잔소리가 듣기 싫다는 듯 머리를 벅벅 긁으며 대답했다.

하지만 그 대화를 들은 시스티나는 놀라서 눈을 깜빡거릴 수밖에 없었다.

"어, 어라? 이브 씨는 혹시…… 선생님이 우승하실 거라고 보세요?"

"응? 그야 당연하지."

이브는 바로 긍정했다.

"이 남자가 대체 누구라고 생각하는 거니? 특무분실의 전 집행관이거든? 마도사로서는 삼류지만, 글렌의 근접 격투전 기량은 어지간한 일반인이 감당할 수 있는 수준이 아니야. 그러니 별다른 규칙이 없는 지하대회라면 모를까 이런 일개 지방의 아마추어 권투 대회에서 질 리가 있겠어?"

그렇게 말하는 이브는 글렌의 승리를 추호도 의심치 않는 얼굴이었다.

이게 바로 지옥 같은 수라장을 함께 헤쳐 온 상관과 부하의 신뢰라는 것일까.

평소에는 사소한 일로도 자주 다투지만, 가끔 이런 식으로 근본적인 부분에서는 서로를 인정하는 모습을 보일 때마다 시스티나는 왠지 모를 불안에 빠질 수밖에 없었다.

"으, 음. 그건 그렇고…… 경기장에 도착한 거 같네요."

루미아 말대로 어느새 일행은 페지테 중앙지구에 있는 원형 시립 경기장 앞에 도착한 상태였다.

주위는 오늘의 권투 대회를 보러온 시민들로 가득했다.

이 대회는 매해마다 정기적으로 열리는 페지테 시민의 즐거움 중 하나로, 일종의 축제나 다름없었다. 그래선지 경기장 정문 광장에는 다양한 물건과 음식을 파는 노점이 가득 줄지어 있었다.

"좋아. 너희 관객들은 저쪽이지? 난 이쪽이니까 그럼 이만."

경기장의 일반인용 정면 출입구 앞에서 글렌은 일행과 헤어졌다.

"좋았어! 5만 리르는 내 거다!"

그리고 그렇게 외치며 의기양양하게 경기장 안으로 사라졌다.

"후훗, 기합이 들어가셨네요. 선생님."

"진짜 속물이라니까……."

루미아가 쓴웃음을 짓고 시스티나가 게슴츠레한 눈으로 배웅한 순간.

"저거…… 뭐야?"

리엘이 출입구 근처에 있는 대형 부스를 가리키며 물었다.

그곳에서는 무슨 이유인지 살기등등한 사람들이 위에 달린 간판을 노려보며 어떤 티켓을 사고 있었다.

"투권 판매소야."

이브가 설명을 시작했다.

"이번 대회에 참가한 선수 중 누가 우승할지 예상해서 돈을 거는…… 뭐, 한마디로 말하면 공영 갬블이지."

"예에?! 갬블이요?!"

갬블은 나쁜 짓이라고 단정 짓고 있는 시스티나의 눈매가 즉시 사나워졌다.

자세히 보니 사람들이 필사적으로 올려다보는 간판에는 각 선수들의 이름과 배당률이 적혀 있었다.

"이런 경기대회에서 도박판이 열리는 건 딱히 드문 일도 아니야. 운영도 이 수익을 노리고 개최하는 거고."

"그, 그래도…… 갬블이라니."

"후우…… 닌 아직 어린애구나."

이브가 어깨를 으쓱이며 한숨을 내쉬었지만, 그럼에도 시스티나는 납득하지 못한 눈치였다.

"어? 루미아?"

그런 가운데, 어느새 루미아는 판매소에 줄을 서서 투권을 한 장 사고 있었다.

"에헤헤♪ 사버렸어."

다시 일행에게 돌아온 그녀는 기쁜 얼굴로 티켓을 보여주었다.

"잠깐 루미아?! 네가 지금 무슨 짓을 한 건지 알기는 하는 거니? 이건 갬블이라구! 갬블!"

시스티나의 목소리가

"걱정하지 마, 시스티. 동화 한 닢…… 1셀트밖에 안 썼으니까."

"그, 그래도……!"

"거기다 이건 선생님을 응원하는 의미에서 산 거야. 선생님이라면 틀림없이 우승하실 거라는 의미로."

자세히 보니 루미아가 산 티켓에는 글렌의 이름이 적혀 있었다.

원래 도박이란 전통적으로 고귀한 자들의 오락이다.

그리고 루미아는 원래 이 알자노 제국의 왕녀. 지방 나들이 중에 경마를 관전한 적도 있어선지 이런 일에는 그다지 거부감이 없었다.

"응? 그 종이를 사면 글렌을 응원하는 거야? 그럼 나도."

그러자 리엘도 시스티나가 보는 앞에서 동화 한 닢을 판매원에게 주고 글렌의 투권을 구입했다.

아무래도 이대로 가면 그녀 혼자만 눈치 없는 사람이 될 분위기였다.

"으, 으음. 뭐…… 응원 대신이라면 나도."

그래서 어쩔 수 없이 티켓을 사기 위해 판매소로 걸음을 옮겼다.

간판을 올려다보고 글렌의 이름을 찾는다.

하지만 곧 놀라서 굳어버릴 수밖에 없었다.

"어?! 배당률이 무슨?!"

글렌의 이름 옆에 적힌 배당률이 터무니없는 수치였기 때문이다. 대략 백 배. 독보적인 1회전 탈락 후보인 셈이었다.

"그런 거네."

어느새 뒤에 서 있던 이브도 그것을 보더니 입가를 끌어올리며 웃었다.

"이건 매년 정기적으로 열리는 대회…… 다시 말해, 이 배당률은 작년까지의 전적이나 다른 대회에서의 실적으로 정해지는 거겠네. 그래서 무명의 신인인 글렌은 완전 꽝 취급…… 이건 기회야."

그리고 눈만 깜빡거리는 시스티나 앞에서 판매소에 줄을 서더니 지갑에서 은화를 잔뜩 꺼내 글렌이 투권을 구입했다.

"어어?! 이브 씨, 대체 얼마를 거신 거예요?!"

"지금 내 전 재산."

"전 재산이요?!"

"그치만 이런 결과가 뻔히 보이는 도박에 걸 기회가 어디 쉽게 찾아오겠어?"

이브의 너무나도 대담한 행동에 시스티나는 그저 입만 뻐끔거릴 수밖에 없었다.

아무래도 그녀 역시 루미아처럼 도박을 그리 기피하지 않는 타입인 듯했다.

"후훗, 다행이네. 이걸로 당분간 생활비에 여유가 생겼어. 오랜만에 사치나 좀 부려볼까?"

"……."

존경하는 이의 예상치 못한 행동에 시스티나는 마음이 크게 흔들렸다.

글렌의 우승은 틀림없는 상황.

게다가 돈을 거는 것 자체가 「글렌의 응원」으로 해석된다는 대의명분까지 있었다.

"백 배……."

시스티나는 다시 한번 글렌의 배당률과 지갑 안에 든 돈을 번갈아 확인했다.

"백 배……."

만약 이달 용돈을 전부 글렌에게 건다면 분명 전부터 갖고 싶었던 그것을 살 수 있으리라.

전에 한 고서점에서 발견한, 고대의 전승들을 모아서 편찬한 귀중한 희귀본을.

진심으로 애타게 갖고 싶었지만, 학생인 그녀의 지갑 사정으로는 도저히 살 수 없는 값비싼 책이었다.

하지만 만약 이 승리가 확정된 갬블에서 큰돈이 들어온다면……?

지금 이 순간 시스티나의 심리상태를 정확히 표현하는 말은 이것이리라.

—마가 꼈다.

"이, 이이이, 이건 응원…… 마, 맞아. 루미아 말대로 글렌 선생님을 응원하는 의미에서야! 그, 그그그, 그러니까……!"

누가 봐도 이성을 잃은 그녀는 핑글핑글 도는 눈으로 비틀비틀 걸어가며 지갑을 꺼내 들었다.

이윽고 마침내 대회가 개최되었다.

시간이 되자 백 명에 가까운 선수들이 관객석으로 둘러싸인 경기 필드에 모이기 시작했다.

하지만 자리가 가득 찬 관객석의 시선을 한 몸에 받은 글렌은 이렇게 소리칠 수밖에 없었다.

"뭐야 이게에에에에에에에에에에에에!"

그리고 새파랗게 질린 얼굴로 고개를 이리저리 돌리며 주위에 있는 선수들의 얼굴을 파악했다.

"저, 저기 문신을 한 녀석은 시로아 권우회의 《독수리》 잭 니콜! 저 꺽다리는 제국 권투 연맹회 부동의 왕자 랜디 케일?! 저쪽 대머리는 지하 권투 대회의 패자 던 반달! 해외에서 무명을 떨친 권투계의 영웅 하우젠 그레이시까지?! 그

밖에도 이 업계에서 유명한 실력파들이 우글우글…… 대체 뭐냐고! 왜 이런 변두리 아마추어 대회에 저런 초일류 프로 권투 선수들이 총출동한 건데!"

사방이 너 나 할 것 없이 강적, 강적, 강적. 그야말로 강적의 바겐세일이었다.

하나같이 육체가 극한까지 단련된 데다 강자의 분위기를 풍기고 있는 그들은 그 존재감만으로도 글렌을 압박하고 있었다.

그리고 그중 대다수는 이 자리에서 혼자 붕 떠 있는 글렌을 주목하고 있었다.

"야, 미겔. ……저것 봐. 저 말라깽이 형씨."

"보아하니 퇴역 군인인 것 같군. ……걸음걸이에서 놈들의 특징이 보여."

"맞아. 그렇다면 군에서 익힌 기술로 용돈이나 벌려고 참가한 건가?"

"어디 사는 누군지 모르겠는데 권투를 얕보고 있군. ……시합에서 만나면 죽이겠어."

그리고 글렌에게 관심이 없는 자들도—.

"키힛! 크히히힛! 피가…… 피가 보고 싶구나아…… 까하하!"

"아아~ 권투는 최고야……. 주먹으로 살과 뼈를 치는 감촉을 떠올리기만 해도 가버릴 것 같아. 아아…… 아, 아, 앗."

명백히 위험한 놈들뿐이었다.

"히, 히이이이익?! 진짜 이게 뭐냐고오오오오오!"

한편, 관객석에서는 이번 대회의 팸플릿을 훑어본 시스터나가 새파랗게 질린 얼굴로 고개를 들었다.

"저기…… 이브 씨? 조금 전에 투권을 살 땐 몰랐는데…… 이 대회 참가자들…… 권투를 잘 모르는 저도 알 정도로 유명한 전설적인 권투 선수들이 한둘이 아닌 것 같은데요……."

"……."

반면에 이브는 경기 필드에 모인 선수들의 면면을 얼음 같은 시선으로 내려다보고 있었다.

"괘, 괜찮겠죠? 선생님은 특무분실의 전 집행관이시잖아요! 지진 않으시겠죠?"

그러자 그때까지 침묵을 고수하던 이브가 우아하게 머리를 쓸어 올리더니 자신감 넘치는 표정으로 입을 열었다.

"다, 다다다, 당연하지. 그, 그, 글렌이 이런 변두리 대회에서, 지, 지, 질 리가, 어어어, 없……."

"엄청 동요하고 계셔?!"

"거참, 난감하네. 설마 이렇게 수준 높은 대회였을 줄은…… 아니, 분명 작년까지만 해도 아마추어끼리 화기애애하게 실력을 겨루는 대회였잖아? 그런데 왜 올해는 갑자기 수도에서도 기겁할 수준의 선수들이 모여든 거지?"

그 순간, 글렌은 문득 고개를 들어 관객석 중 한 곳을 쳐다보았다.

그곳에 설치된 호화로운 테라스 형태의 귀빈석에서는 이 대회의 출자자인 귀족과 자산가들이 모여 악수를 나누고 있었다.

개중에는 익숙한 금발 미녀의 모습도 있었다. 세리카다.

그리고 그 자리에 모인 이들은 누가 봐도 영업용 스마일을 지은 채 그녀에게 연신 굽신거리고 있었다.

"대충 알겠어! 이 대회가 이런 꼴이 된 이유를!"

글렌이 상황을 파악한 순간.

웅성…….

선수들 중 일부가 소란을 일으켰다.

"뭐지?"

글렌은 그쪽으로 시선을 돌렸다.

"어이, 이봐. 여긴 애들 놀이터가 아니라고. ……얼른 집에 가서 엄마 젖이나 빠시지!"

인상이 더러운 권투 선수 몇 명이 누군가에게 시비를 걸고 있었다.

"……."

자신보다 약간 어려보이는 소년이었다.

왜 이런 야만인 소굴에 있는 건지 모를 선이 가느다란 미소년이기도 했다.

'저 녀석도 선수인가?'

글렌은 미간을 살짝 찡그렸다.

"――."

그리고 그 소년이 자신을 에워싼 선수들에게 뭔가 중얼거린 순간.

"배짱 한번 두둑하구나, 애송이! 여기가 바로 네 무덤이다!"

시비를 건 선수들이 새빨갛게 달아오른 얼굴로 격노하며 대뜸 주먹을 들어 올렸다.

"이런!"

글렌이 소년을 구하기 위해 땅을 박찬 바로 그 순간.

"……흡!"

소년이, 움직였다.

잔상을 그리는 것처럼 빠르고, 날카롭고, 선명하게.

그리고 이어서 펼쳐진 것은 눈에 보이지도 않을 정도의 연다 폭풍. 그 결과는 압도적.

"……크, 헉?!"

"이, 이런 말도 안 되는……!"

선수들이 추풍낙엽처럼 쓰러지기 시작했다.

"쓰읍!"

그리고 소년은 달려오는 글렌도 적이라고 판단한 건지 주먹을 일직선으로 내질렀다.

"······?!"

글렌은 눈을 부릅뜰 수밖에 없었다.

자신을 향해 날아오는 소년의 주먹이 너무나도 빨랐고.

무엇보다, 아름다웠기 때문이다.

그 일격은 권투로 표현할 수 있는 예술작품의 완성형이나 다름없었다.

피할 수도 없었고, 피한다는 발상조차 떠올리지 못한 채로 그 주먹을 받아들이려 한 순간.

소년의 주먹이 눈앞에서 정지했다.

"실례. 당신은 아니었나."

소년은 주먹을 거두었다.

그리고 넋을 잃은 글렌에게 등을 돌리며 차가운 목소리로 말을 내뱉었다.

"그건 그렇고 참 처참한 대회야. 너 나 할 것 없이 권투를 돈벌이 도구로만 보는 쓰레기들뿐. 어차피 당신도 거기 뻗어 있는 놈들과 다를 바 없겠지?"

"······."

"그래서 수준이 그 정도밖에 안 되는 거야. 이 정도 타격에 반응조차 못 하는 수준이라면 어차피 살아남지 못해. 그러니 몸 성할 때 빨리 기권하는 걸 추천하지."

그렇게 일방적으로 악담을 퍼부은 소년은 그대로 어딘가

로 걸어갔다.

'저 녀석…… 강해.'

글렌은 온몸에 소름이 돋은 것을 느끼면서, 떠나가는 소년의 뒷모습을 그저 가만히 지켜볼 수밖에 없었다.

"방금 저 사람은…… 아마 오스카 복스일 거예요."

한편, 관객석에서는 시스티나가 팸플릿에 등록된 선수의 사진과 소년을 비교해 가며 입을 열었다.

"……"

이브는 얼음처럼 차가운 눈으로 떠나가는 오스카를 바라보고 있었다.

"선생님처럼 완전 무명이라 배당률이 어마어마하네요. 그런데…… 이 사람, 선생님보다 동작이 빠르고 기술도 날카롭지 않았나요?"

글렌에게서 격투기를 어느 정도 배웠기에 시스티나는 알수 있었다.

"어쩌면 저 사람…… 선생님보다 깅힐지도……."

그러자 그때까지 침묵을 고수하던 이브가 우아하게 머리를 쓸어 올리더니 자신감 넘치는 표정으로 입을 열었다.

"훗, 시스티나. 잘 들으렴. 아무리 강해봤자 어차피 저 애는 고작 권투 선수야."

"예?"

"발차기, 던지기, 굳히기 금지…… 결국 권투는 순수하게 주먹으로만 기량을 겨루는 경기야. 그게 가장 큰 위력을 발휘하는 건 권투라는 경기 규칙 틀 안에서뿐. 예를 들어…… 이 대회처럼 말이지."

"그, 그렇군요. ……즉, 선생님처럼 어디까지나 권투를 메인으로 한 제국식 군대 격투술을 익힌 사람은 쓸 수 있는 기술이 제한되니까 이 대회에서는 불리하다는…… 응? 어라? 그럼 더 안 좋은 거 아닌가요?"

그러자 이브는 쿨한 표정을 유지한 채 부들부들 떨면서 말했다.

"이 티켓, 환불 안 될까?"

"당연히 안 되죠!"

시스티나는 머리를 싸매고 외칠 수밖에 없었다.

그리고 관객들의 열기가 고조되는 가운데, 마침내 경기 필드 한가운데에 설치된 사각 링 위에서 시합이 시작되었다.

대회는 랜덤 토너먼트 형식으로, 마지막까지 살아남은 자가 우승하는 단순한 방식이다.

다양한 선수들이 저마다 링 위에서 뜨거운 드라마를 찍는 가운데, 드디어 글렌의 차례가 돌아왔다.

"좋아! 어디 해보자고!"

환호성 속에서 양손에 글러브를 끼고 복싱용 트렁크만 입은 상태인 글렌은 이젠 될 대로 되라는 심정으로 로프를 잡고 뛰어넘으며 링 위에 올랐다.

"아무리 상대가 강적이라도 난 지지 않아! 질 수 없어! 이달 지갑 사정이 최악이니까!"

하지만 최고로 꼴사나운 기합과 함께 주먹을 든 그의 눈앞에 서 있는 건 분명 낯이 익은 얼굴이었다.

"흠하하하하하하하하하하하! 글렌 선생이 아닌가!"

알자노 제국 마술학원의 마도공학 교수 오웰 슈더였다.

"어?! 오웰 교수님이 왜 저기 계시지?!"

"놀랐어……."

관객석의 시스티나와 루미아도 놀라서 눈을 깜빡였다.

"아니, 너 인마! 오웰! 네가 대체 왜 여기 있는 건데! 넌 그런 캐릭터가 아니었잖아!"

그렇다. 오웰은 천성이 연구자라 이런 몸을 쓰는 일이 전혀 맞지 않는 타입이었다.

실제로 그 역시 복싱용 트렁크만 입고 있었지만, 건장한 골격 위에 실전 압축 근육으로 무장한 글렌과 달리 평범한 갈라깽이 그 자체였다.

솔직히 가볍게 한 대 툭 치기만 해도 이길 것 같았다.

"뭐, 덕분에 첫 시합을 쉽게 돌파할 거 같으니 난 딱히 상관없다만."

"훗, 글렌 선생. 날 너무 얕보지 말도록."

파팟!

오웰이 여느 때처럼 기묘하게 몸을 비튼 자세를 취했다.

"격투기에서 가장 중요한 건 근력과 체력이 아니야! 이론이 뒷받침된 기술이지! 그래서 난 밤에 잠도 안 자고 낮잠만 자면서 연구한 끝에 개발해낸 거다! 최강의 권투 기술을!"

"뭐, 뭐라고?! 최강의 권투 기술?!"

"이 자리에서 선언하마! 내 권투 기술이야말로 자네의 낡아빠진 기술과는 차원이 다르다는 것을! 향후 백 년을 앞당겨 온, 훨씬 세련되고 고도로 완성된 최고의 권투 기술! 처음부터 자네에겐 승산이 없었던 거다! 흐으~음하하하하하하하하하!"

"……이건 위험할지도."

링 위의 상황을 지켜보던 이브가 입을 열었다.

"실제로 격투기라는 건 오랜 연구와 훈련과 경험을 통해 쌓아 올린 인간공학의 정수야. 백 년 전의 권투가 기술적으로는 현대의 권투에 전혀 통하지 않는 것처럼…… 그가 정말로 백 년 후의 권투 기술을 익혔다면 글렌에게 승산은 없어."

"그, 그래도…… 백 년 후의 기술을 앞당겨 오다니. 그런 일이 정말 가능한 건가요?!"

"모르겠어. 하지만 슈더 교수가 변태이긴 해도 천재인 건 사실이니까. 틀림없는 변태지만. 그런 변…… 천재인 그가 이런 큰 무대에서 저렇게까지 자신만만하게 호언장담하는 걸 보면…… 가능성은 있을지도."

"그, 그럴 수가…… 어, 어쩜 좋아(이달 내 용돈)."

"그래, 위험한 상황이지(내 전 재산이)."

"맞아요. 이대로면……(선생님이)."

"응. 위기야(글렌이)."

시스티나, 이브, 루미아, 리엘이 숨을 삼키며 지켜보는 가운데 링 위에서는 시합 개시를 알리는 신호가 울렸다.

─────.

백 년 후의 권투 기술.

그 말에 거짓은 없었다. 격투의 길에 조금이라도 발을 들여놓은 자라면 이 이론의 대단함을 한눈에 알아볼 수 있을 터.

오웰은 인간공학에 기반을 둔 기묘한 움직임으로 글렌의 공격을 피하고, 섬뜩할 정도로 세련된 펀치로 글렌의 몸을 연속으로 가격했다.

이 시합을 보고 있는 권투인이라면 누구나 그의 제자가 되어 가르침을 받고 싶다는 생각이 들 정도로, 그 이브조차 그를 제국군의 격투술 교관으로 추천하고 싶다는 생각이 들 정도로 뛰어난 기술임은 틀림없었다.

다만 유일한 오산은…….

"끄어어어어억!"

안면에 정통으로 펀치를 맞은 오웰이 바닥을 데굴데굴 굴렀다.

"어, 어째서냐…… 대체 왜 이기지 못하는 거지?! 왜 쓰러지지 않는 거냐! 설마 내 계산이 틀린 건가?!"

"아니, 틀리지 않았어. 실제로 네 권투는 굉장했어. 기술만 놓고 보면 이 대회에서도 독보적인 수준이겠지."

글렌은 한숨을 내쉬었다.

"다만…… 네 체력이랑 근력이 너무 저질이라 아무리 급소를 맞아도 저~언혀 효과가 없단 말씀이야? 거기다 너, 이미 숨이 차서 기술도 엉망이 됐고."

글렌은 새삼스럽지만, 격투기에서 최소한의 근력과 체력의 중요성을 재인식했다.

"아~ 항복 안 할래? 아무리 평소에 너 때문에 늘 심한 꼴을 당했다지만…… 일방적으로 두들겨 패는 건 좀."

"훗! 걱정할 필요 없다, 글렌 선생! 슬슬 시간이 됐으니까!"

"응? 무슨 시간?"

글렌이 고개를 살짝 갸웃거린 순간, 오웰의 몸에서 불온

한 고동이 울렸다.

"오오…… 왔구나! 왔어!"

"어? 무슨 일이 일어나는 거지?"

"글렌 선생, 실은 나도 알고 있었다네. ……이 몸이 승리를 거머쥐기 위해 필요한 근력과 체력이 고작 99퍼센트쯤 부족하다는 사실을……!"

"아니, 99퍼센트면 고작이 아니잖아? 그걸 알면서 왜 참가한 거야?"

"하지만 부족한 건 보완하면…… 될 뿐!"

오웰이 그렇게 말한 순간.

우둑! 뿌득뿌득! 뿌드득!

갑자기 그의 몸이 점점 팽창하기 시작했다.

바윗덩이 같은 근육이 온몸에서 솟아오르고, 팔다리가 통나무처럼 굵어지고, 복근이 식스 팩으로 갈라지고, 어깨가 단단하게 부푸는 등…… 다른 사람이 된 것처럼 거대해졌다.

"이…… 이럴 수기……."

글렌은 그저 입만 떡 벌린 채 그 모습을 올려다볼 수밖에 없었다.

이윽고 거인이 된 오웰은 글렌을 내려다보며 입에서 푸슈우우우웃 하고 숨을 내뱉더니 광전사처럼 웃었다.

"믿을 수 없다는 표정이군? 그래. 이게 바로…… 백 년 후의 도핑이다!"

"도, 도핑이라고……?!"

"자, 그럼 2라운드의 개막이다! 글렌 선생!"

오웰 슈더, 약물 사용으로 실격. 1회전 탈락.

참고로 그가 개발한 백 년 후의 권투 기술은 약물 사용의 부작용으로 기억에서 완전히 날아가 버렸다고 한다.

―――――.

그렇게 불행히도 1회전은 변태와 붙었지만, 2회전과 3회전 시합은 순조롭게 흘러갔다.

땡땡땡땡!

『승자! 글렌 레이더스! 3라운드 KO승!』

시합 종료를 알리는 소리와 함께 심판이 판정을 내리자, 관객들이 환호성을 터트렸다.

"좋았어! 이겼다!"

링 위의 글렌은 주먹을 불끈 쥐고 그런 관객들의 성원에 보답했다.

"해냈어요! 이브 씨! 이겼어요! 선생님이 이겼다구요!"

"그래, 나도 봤어! 다행이야, 정말! 이젠 다 틀린 줄 알았는데……!"

"맞아요. 이번에도 선생님이 이겨주셔서…… 정말 다행이에요!"

4회전, 고명한 프로 권투 선수와의 뜨거운 사투 끝에 멋진 카운터로 기적적인 역전승을 거둔 글렌의 모습에 이브와 시스티나가 눈물을 글썽였다.

"후훗, 이브 씨랑 시스티도 참. 선생님을 저토록 열심히 응원하다니…… 평소엔 다툴 때도 많지만 역시 본심은……."

그런 둘을 루미아가 따스한 눈으로 지켜보고 있었다.

"음. 그런데…… 뭔가 좀 다른 것 같아. 난 잘 모르겠지만."

하지만 리엘은 의심스러운 눈으로 그렇게 중얼거렸다.

이렇게 글렌은 잇따라 강적을 격파하며 이겨나갔다.

도중에 몇 번이나 위험한 장면이 있었지만, 끈질기게 버티며 승리를 거두었다.

아무도 예상치 못했던 7의 승리에 차츰 열광하기 시작하는 관객들.

그리고 그런 그의 앞을 벽처럼 가로막은 것은 역시…….

땡땡땡땡!

""""와아아아아아아아아아아아아아아아아아아아아아!""""

『강합니다! 오스카 복스, 그야말로 압도적입니다! 제국 권투 연맹회 부동의 왕자 랜디 케일을 고작 1라운드만에 KO 승! 이 소년은 대체 정체가 뭔가요?!』

쿨하게 주먹을 치켜든 오스카를 향해 어마어마한 환호성이 날아들었다.

권투계의 젊은 영웅이 탄생하는 순간을 목격한 관객들은 이미 크게 흥분한 상태였다.

일단 일행과 합류하고 관객석에서 시합을 지켜본 글렌도 신음을 흘릴 수밖에 없었다.

"끙…… 정말 강하네. 저 녀석은 진짜배기야. 몇 년 후에는 틀림없이 제국 권투계의 정점에 설 인재겠어."

"그 정도예요? 선생님."

"응."

루미아의 질문에 글렌은 고개를 끄덕였다.

"거기다 오스카의 권투는 그저 강하기만 한 게 아니야. 매력이 있어. 투쟁심을 숨기지 않아 거칠지만, 주먹의 궤적은 한없이 화려하고 아름답지. 보는 이의 마음을 자연스럽게 빼앗고 뜨거워지게 만들어. ……주위를 봐. 관객들의 이 들뜬 모습을."

글렌은 오스카의 이름을 연호하는 관객들을 둘러보며 쓴웃음을 지었다.

"……저기. 루미아. 조금 주제넘은 이야기긴 한데, 괜찮다면 들어줄래?"

"뭔데요? 선생님."

"난…… 저 녀석을 이기고 싶어."

그리고 보기 드문 진지한 표정으로 링 위의 오스카를 눈이 부신 듯한 시선으로 바라보며 말하기 시작했다.

"처음엔 정말로 상금을 목적으로 참가한 거였어. 하지만…… 저 녀석의 권투를 보다 보니 마음이 바뀌더라. 덕분에 생각났어. ……어릴 적에 그저 정신없이 샌드백을 치던 나날이. 저 녀석의 주먹이 그걸 떠올리게 해준 거야. 나한테도 저 녀석처럼 뜨겁게 권투에 몰두했던 시기가 있었다는 사실을."

"선생님……."

"그래서 범재인 내 주먹이 저 천재님의 주먹에 얼마나 통할지…… 일개 권투인으로서 시험해보고 싶어졌어. ……어때. 진짜 주제넘은 이야기지?"

"아니에요."

그러자 루미아는 글렌의 손을 감싸 쥐며 따스하게 미소 지었다.

"저분의 주먹에 사람을 끌어들이는 힘이 있는 것처럼…… 선생님의 주먹에도 힘이 있어요. 강적을 상대로 한 걸음도 물러서지 않고 정면에서 맞서 싸우는 선생님의 모습에……

전 줄곧 가슴이 두근거렸는걸요."

"응. 글렌, 오늘 엄청 멋있었어."

"루, 루미아…… 리엘까지."

제자들의 예상치 못한 반응에 글렌은 당혹스러워했다.

"이대로 가면 오스카 씨랑은 결승전에서 붙겠죠? 선생님, 아무쪼록 힘내세요. 그래도 전…… 선생님의 승리를 믿고 있을 테니까요."

"응! 나도 글렌이 이길 거라고 믿어!"

그러자 시스티나와 이브까지 대화에 끼어들었다.

"마, 맞아요! 저, 저도 선생님의 승리를 믿고 있다구요!"

"그, 그래. ……당신이라면 반드시 해낼 거야, 글렌. 그야 당신은…… 내 자랑스러운 부하인걸."

"하얀 고양이에…… 이브까지?!"

두 사람의 격려에 글렌은 조금 감동한 듯 눈물을 글썽였다.

"좋아…… 고맙다, 얘들아. 나, 해볼게! 어울리지 않게 잠깐 망설였지만…… 꼭 이기고 말겠어!"

"그, 그래요! 그 마음가짐이라구요! 선생님!"

"맞아, 글렌!"

시스티나와 이브가 동시에 고개를 끄덕였다.

그리고 자리에서 일어난 글렌은 주먹을 맞부딪히며 기합을 넣었다.

"훗! 천재가 다 뭐냐. 범재를 얕보지 말라고! 어디 해보자.

내 온 힘을 다하겠어! 져도 후회가 남지 않도록!"

깨달음을 얻은 구도자 같은 마음가짐을 토로한 순간.

"아니, 여기선 이기셔야죠!"

"그래! 무슨 약한 소리를 하는 거야?!"

갑자기 시스티나와 이브가 무시무시한 표정으로 다그쳤다.

"아무리 좋은 시합을 해봤자 지면 의미 없거든요?!"

"어차피 세상은 올 오어 너싱이야! 명심해! 글렌!"

"아니, 왜 너희들이 나보다 더 필사적인 건데?!"

두 사람의 갑작스런 태세 전환에 영문을 알 수 없는 글렌은 눈을 휘둥그레 뜰 수밖에 없었다.

그리고 글렌은 몇 번이나 위험한 장면을 연출하면서도 이겨나갔고.

오스카도 당연한 것처럼 승리를 거듭한 끝에 드디어 결승전.

관객석의 흥분이 최고조에 도달한 순간 링 위에 오른 것은—.

"뭐, 당연히 너겠지."

청코너. 글러브의 끈을 입으로 능숙하게 고쳐 묶고 있는 글렌.

"……역시 당신인가."

홍코너. 그리고 마치 수도승처럼 조용히 서 있는 오스카였다.

지금 이 순간, 서로의 시선이 맞부딪히며 뜨거운 불똥이 뛰었다.

"훗, 한 수 배워보마. 천재."

글렌이 가볍게 도발했다.

"흥, 그건 어떨까."

하지만 오스카는 뜻밖에도 슬쩍 웃고 있었다.

"사실 당신 시합을 전부 지켜봤어."

"……!"

"돈이 목적인 인간의 시합이 아니더군. 당신이야말로 진정한 권투인이었어."

오스카는 깊은 눈으로 글렌을 정면에서 응시했다.

"확실히 당신의 권투 센스는…… 나쁘진 않지만, 내가 보기엔 평이한 수준이야. 하지만 당신의 주먹에서는 우직하게 단련을 거듭해온 「역사」와 수많은 수라장을 헤쳐 온 「경험」이 느껴져. ……지금의 나에겐 없는 것들이지."

"아……."

"어쩌면 한 수 배우는 건 나일지도 모르겠어."

전혀 예상치 못했던 오스카의 발언에 글렌이 뭔가 대답하려 한 순간.

"""혀어어어엉!"""

갑자기 링사이드에서 누군가를 부르는 목소리가 들렸다.

시선을 돌리자 링사이드에 매달린 어린애들이 오스카를 쳐다보고 있었다.

"형, 꼭 이겨!"

"병으로 몸져누운 엄마한테 약이랑 맛있는 걸 먹여주는 거야!"

"형이라면 반드시 이길 수 있어! 우리 형은 최강이니까!"

필사적으로 응원하는 아이들이 입고 있는 옷은 하나같이 초라했다.

글렌은 그 모습에서 오스카가 자라온 환경을 어느 정도 유추할 수 있었다.

"……실망했나?"

그러자 그는 자학하는 것처럼 말했다.

"처음 만났을 땐 건방지게 지껄였지만…… 사실 누구보다 상금을 원하는 건 바로 나였어. 비웃고 싶거든 얼마든지 비웃어."

"바보야. 비웃긴 누가 비웃어."

하지만 글렌이 그렇게 즉답하자, 오스카이 눈이 살짝 커졌다.

"자신이 아닌 다른 누군가를 위해 쓰는 주먹에 귀천은 없어. 그러니 부끄러워하지 말고 더 당당하게 굴어도 돼."

그러자 오스카는 눈을 감고 잠시 글렌의 말을 되새긴 다음 입을 열었다.

"당신은…… 마치 교사 같군."

"실제로 교사니까. 그리고……."

글렌은 사납게 히죽 웃으며 천천히 주먹을 들었다.

"이거랑 그건 별개야. 미안하지만, 일개 권투인으로서 전력을 다해 싸워주마."

"당연한 소릴. 처지를 동정해서 봐주는 건 나야말로 사양이야."

오스카도 똑같이 사납게 웃으며 주먹을 들었다.

"애초에 날 상대로 봐줄 여유가 있을 것 같아?"

"……흥. 무섭구만 무서워."

다시 둘의 시선이 맞부딪히며 불똥이 튀었고, 그 모습을 지켜본 관객들은 이제부터 격렬한 사투가 벌어질 듯한 예감에 마른 침을 삼켰다.

이윽고.

땡!

페지테 권투 대회의 결승전을 알리는 공이 울리고 심판의 손길을 따라 글렌과 오스카의 글러브가 가볍게 맞닿았다.

————.

"우오오오오오오!"

"하아아아아아아아아앗!"

글렌과 오스카는 처절한 난타전을 벌이고 있었다.

서로 잽으로 견제하다가 스트레이트를 날리면 카운터로 대응하고, 일단 몸이 맞붙으면 빈틈없이 상대의 보디를 노렸다.

그리고 다시 거리를 벌린 둘은 스텝으로 링 한가득 원을 그리며 섬광 같은 잽을 주고 받았다.

확실히 오스카에게는 탁월한 권투 센스가 있었다. 누구도 부정할 수 없는 진짜 천재였다.

시합의 주도권을 잡는 건 항상 오스카 쪽이었고, 그는 날카롭고 화려한 펀치로 글렌을 농락했다.

하지만 글렌에게는 그가 겪지 못한 수많은 경험이 있었다.

대미지를 최소한으로 억누르면서 끈질기고 유연하게 대처하며 불굴의 정신으로 반격할 기회를 엿보고 있었다.

"훅!"

"쓰읍!"

반사적으로 내뻗은 둘의 주먹이 교차한다.

발이 멈춘 것을 신호로 다시 격렬한 난타전이 시작되었다.

"형! 힘내!"

"부탁이야! 이겨……! 엄마를 위해서라도!"

오스카의 형제인 듯한 아이들도.

"선생님, 믿어요. 전 믿고 있어요……."

"지지 마…… 글렌."

루미아와 리엘도.

"선생님, 제발…… 이겨주세요!"

"글렌, 당신을 믿어."

시스티나와 이브도.

저마다 땀으로 흠뻑 젖은 손을 맞잡은 채 글렌과 오스카의 시합을 집중해서 지켜보았다.

"저기, 이브 씨."

"왜?"

"……왠지 저희만 엄청 더러운 인간이 된 것 같은 기분이 들지 않으세요?"

"……조용히 하렴."

그 와중에 시스티나와 이브는 미묘한 기분이 들 수밖에 없었다.

————.

글렌과 오스카의 시합은 계속되었다.

그렇게 1라운드, 2라운드, 3라운드를 거쳐 마침내 운명의 최종 라운드로 넘어갔다.

여기서 결판이 나지 않으면 심판들의 판정으로 승부가 판가름 날 터.

지금까지의 경기는 누가 봐도 오스카가 우세했다.

즉, 글렌이 이기려면 이번 라운드에서 KO를 노릴 수밖에 없었다.

너 나 할 것 없이 마른침을 삼키는 가운데, 글렌과 오스카는 서로의 고집과 자존심을 걸고 시합을 재개했다.

"허억…… 후우…… 거참, 장래가 두려운 녀석이구만."

땀으로 흠뻑 젖은 너덜너덜해진 몸으로 글렌은 링 중앙에서 거친 숨을 내쉬며 주먹을 들고 있었다.

"당신도 제법이잖아, 선생. 솔직히 지금까지 싸운 상대 중 당신이 제일 강했어."

마찬가지로 적지 않은 대미지를 입은 오스카도 발을 쓰면서 호흡을 가다듬고 있었다.

피차 체력은 거의 한계였다. 아마 곧 결판이 나리라.

끽…… 끼익, 끼긱…….

스텝을 밟을 때마다 고무가 마찰하는 소리가 대회장 전체에 울려 퍼졌다.

적막 속에서의 긴장감과 두 선수의 강렬한 기백.

서로 한순간의 빈틈을 노리며 말없이 상대를 노려보았다.

그 순간, 이 자리에 있는 모두가 본능적으로 깨달았다.

다음 일격으로 결판이 날 것이라고.

"……"

"……"

그리고 그때는 곧 찾아왔다.

"우오오오오오오오오오오오!"

먼저 움직인 것은 글렌이었다.

아주 잠깐이지만, 오스카가 드러낸 틈. 그 기회를 노리며 날카로운 라이트 스트레이트를 날렸다.

공기를 가르는 최고의 펀치가 오스카를 향해 날아갔다.

"하아아아아아아아아아앗!"

하지만 상대는 놀랍게도 그 타이밍에 맞춰 카운터를 날렸다.

"……?!"

함정이다. 그 사실을 깨달았을 때는 이미 늦었다.

짧은 순간 팔과 팔이 교차하며 글렌의 라이트 스트레이트가 오스카의 뺨을 스쳤지만, 오스카의 레프트 스트레이트는 글렌의 턱을 정확하게 가격했다.

"컥?!"

한순간 의식이 날아갈 뻔했다. 세상이 새하얗게 물들었다.

이렇게 되면 남은 건 중력을 따라 링 바닥에 수직으로 처박히는 것뿐.

'제길…… 틀렸나. 역시 범재는 천재를 이길 수 없는 거야?'

원통함과 함께 의식이 완전히 날아가려는 바로 그 순간.
누군가의 목소리가 들렸다.

"지지 마세요, 선생님!"
"맞아! 고작 그 정도로 당신이 쓰러질 리 없잖아!"
"제가 아는 선생님의 강함은 겨우 그 정도가 아니었다구요!"
"이겨, 글렌!"
""제발!""

누군지 모를 두 사람의 필사적인 목소리가 멀어져 가는 글렌의 의식과 등을 떠받쳐 주었다. 다리에 최후의 힘을 불어넣어 주었다.
"으, 윽, 우오오오오오오오오!"
이를 악물고, 마지막 남은 힘을 쥐어짜 내 파고들면서, 자세가 무너지는 것도 개의치 않고 그대로 라이트 훅을 날린다.
"......?!"
혼신의 레프트 스트레이트를 날린 직후의 오스카는 그 펀치를 피할 수 없었다.
텅!
옆으로 한 바퀴 회전한 그의 몸이 그대로 링 위에 널브러졌다.
심판이 카운트를 셌지만, 오스카가 다시 일어설 듯한 낌

새는 없었다.

마침내 올해 권투 대회의 챔피언이 정해진 순간이었다.

"해, 해냈어! 서, 선생님이 이기셨어? 이겼다아아아아아!"

"응, 응! 다행이야! 정말 다행이야! 진짜 애 많이 썼어, 글렌! 그럼 이걸로⋯⋯!"

"예, 정말 다행이에요. 이걸로 저희들도⋯⋯!"

"후훗, 시스티랑 이브 씨 너무 좋아하신다. 선생님이 이기신 게 어지간히 기뻤나봐."

눈물이 그렁그렁한 얼굴로 서로를 껴안고 기쁨을 나누는 시스티나와 이브의 모습을 본 루미아가 부드럽게 미소 지었다.

"음⋯⋯ 왠지 아닌 것 같은데."

하지만 리엘은 이번에도 의심스러운 눈으로 혼잣말을 흘렸다.

링 위에 선 글렌이 어마어마한 환호성 속에서 관객들을 향해 주먹을 치켜든 순간,

"⋯⋯졌어, 선생. 내 완패야."

어느새 의식이 돌아온 오스카가 악수를 요청했다.

"온 힘을 다해 싸우고 졌으니 후회는 없어."

"그래. 나도⋯⋯ 네 덕분에 오랜만에 이토록 뜨거워질 수 있었던 것 같아. 고맙다."

글렌은 그 손을 강하게 맞잡고 고개를 끄덕였다.

"그 보답이라고 하긴 좀 그렇지만……."

글렌은 링사이드에서 분한 얼굴로 울면서 박수를 보내는 아이들에게 시선을 보내며 말했다.

"우승 상금은 너한테 줄게."

"……?!"

"아, 착각하지 마라? 이건 적선이 아닌 투자니까."

글렌은 눈을 깜빡거리는 오스카를 향해 히죽 웃었다.

"프로 시험과 등록, 그리고 체육관에 계약하려면 돈이 꽤 들잖아? ……네가 지금까지 무명이었던 건 그것 때문이지?"

"……."

"난 교사니까 여기까지가 한계지만…… 넌 아니잖아? 네가 이 세계에서 어디까지 갈 수 있을지 보고 싶어졌거든. 그러니 잔말 말고 받아."

오스카는 잠시 침묵한 후.

"그런 이유라면 고맙게 받을게, 선생. 반드시 당신에게 부끄럽지 않은 권투인이 되겠어. 오늘 이 시합은…… 분명 평생의 보물이 될 거야."

작게 미소 지으며 글렌의 오른손을 잡고 다시 머리 위로 번쩍 들어 올렸다.

그러자 관객들은 저마다 눈물을 흘리면서 일어나 그런 감동적인 광경을 선사해준 두 선수에게 더 큰 환호성과 박수를 보냈다.

"선생님……."

"글렌…… 멋있어."

루미아는 물론이고 리엘조차 뭔가 느끼는 바가 있었는지 눈가에 눈물이 살짝 맺혀 있었다.

하지만 그런 가운데.

"저기…… 이브 씨?"

"왜?"

"그게…… 왠지 저희만 엄청나게 추해진 것 같은 기분이 드는데요……."

"조용히 하렴. ……제발."

어째선지 시스티나와 이브는 뭐라 형언할 수 없는 미묘한 표정으로 풀이 죽어 있었다.

그리고…….

며칠 후.

알자노 제국 마술학원 2학년 2반의 점심시간.

"그, 글렌 선생니임~? 선생님을 위해 제가 선생님이 좋아하시는 음식으로만 도시락을 싸왔는데, 드시겠어요? 드실 거죠?"

"글렌. 당신을 위해 효과가 탁월한 마술약을 조합해왔어. 나중에 내가 법의 주문^{힐러 스펠}도 걸어줄게."

"으, 으음······?"

퉁퉁 부운 얼굴에 고약을 치덕치덕 바른 상태인 글렌은 이상할 정도로 친절하게 구는 시스티나와 이브의 모습에 고개를 살짝 갸웃거렸다.

"뭐야, 하얀 고양이. 너, 며칠 전만 해도 내가 돈이 없는 건 자업자득이라고 화냈으면서."

"아, 아하하. 그, 그건······."

"이브. 너도 평소 같았으면 고작 이 정도 상처에 일일이 치유 마술을 쓰지 말라고 빈정거렸을 거면서."

"어? 그게······ 그, 그랬던가?"

시스티나와 이브가 슬쩍 웃어넘기려 하자 글렌은 머리 위에 대량의 물음표를 띄울 수밖에 없었다.

"후훗. 분명 선생님의 시합을 보고 감동해서일 거야."

"음. ······왠지 아닐 것 같은데."

루미아는 따스한 미소로 그들을 지켜보았고, 리엘은 여전히 의심스러운 눈으로 혼잣말을 흘렸다.

오늘도 페지테는 평화로웠다.

Lost last word

Memory records of bastard
magic instructor

"미안…… 내가 또 너무 늦었지?"

불현듯 그런 혼잣말이 글렌의 입에서 흘러나왔다.

그의 앞에는 아담하고 깨끗한 회백색 묘비가 있었고, 거기엔 이런 글귀가 새겨져 있었다.

—비할 데 없는 바람이자 상냥한 바람, 세라 실바스, 여기에 잠들다.

지금 그가 있는 이곳은 알자노 제국 수도, 제도 오를란도의 교외에 있는 앨리스톤 영령 묘지. 이 나라의 국민적 영웅이나 정치가, 혹은 국가를 위해 싸우다 순직한 군인들이 정중히 매장되어 잠들어 있는 국립묘지였다.

부지 안에는 늘 정성껏 가꾼 풍요로운 자연과 청량한 공기가 가득했다.

그리고 내리쬐는 따스한 햇살이 같은 간격으로 늘어선 묘비들을 비추고 있었다.

고개를 들면 티 없이 맑은 하늘, 잔잔히 흘러가는 새하얀 구름.

귀를 기울이면 작은 새의 지저귐, 벌레 소리.

때때로 속삭이는 것처럼 불어온 기분 좋은 바람이 나뭇가지를 흔들며 뺨을 쓰다듬어준다.

이렇듯 이곳에서는 외부와 단절된 듯한 평온한 시간이 흐르고 있었다.

"네가 죽은 지 벌써 2년인가. 결국 성묘하러 온 건 이게 처음이지? ……나도 참 박정한 놈이야."

글렌은 몸을 굽혀 지참한 꽃다발을 세라의 묘에 바쳤다.

그녀가 좋아했던 샌더소니아였다.

황금색 종 같은 귀여운 꽃잎은 햇살에 비쳐 묘석과 잘 어울렸다.

헌화를 마친 글렌은 몸을 일으키고 묘를 바라보았다.

"뭐, 이제 와서 무슨 낯으로 찾아왔나 싶네. ……너조차 지켜주지 못한 내가 말이야."

아니, 오히려 자격이 없어서 오지 못한 게 아니었다.

실상은 훨씬 더 비겁하고, 꼴사납고, 한심한 이유에서였다.

글렌은, 도피하고 있었던 거다.

지금까지 계속 그녀의 죽음으로부터.

세라의 죽음을 직시하고 싶지 않았다.

세라의 묘를 보면 싫어도 그녀의 죽음을 마주하고 자신이 그녀를 지키지 못했다는 사실을 되새기게 될 테니까.

그녀가 더는 이 세상에 없다는 사실을 뼈저리게 깨닫게 될 테니까.

그리고 **그날**의 기억이 선명히 되살아날 테니까.

그렇다. 잊으려야 잊을 수 없는 지긋지긋하고도 슬픈 기억.

세라를 잃은 **그날**의 기억이—.

"세라…… 난……."

~~~~.

지금으로부터 2년 전.

이것은 글렌의 제국 궁정 마도사단 특무분실 집행관 넘버
0《광대》로서의 마지막 임무에 관한 이야기다.

"저기, 글렌 군…… 기운 내."

"……."

이곳은 제국 궁정 마도사단의 본부인 《엄마의 탑》 부지
안에 있는 마도사 전용 병영의 한 개인실. 거기서 침대 위에
웅크려 앉은 글렌은 뭔가를 참듯, 뭔가를 두려워하듯 머리
를 싸매고 있었다.

저번 임무에서 큰 부상을 입었는지 머리와 팔다리에 붕대
를 감고 있는 그의 옆에 한 여성이 조심스럽게 앉았다.

도자기처럼 새하얀 피부, 비단실 같은 하얀 머리카락, 호
박색 눈동자. 단정한 용모도, 요염한 곡선을 그리는 육체도,

늘씬한 팔다리도 하나같이 환상이나 기적처럼 아름다웠다.

그런 미의 정령 같은 외모에 특무분실의 투박한 마도사 예복을 입고 뺨과 팔에 남원의 민족 문양을 안료로 새긴 그녀의 이름은 세라 실바스.

제국 궁정 마도사단 특무분실의 집행관 넘버 3《여제》세라였다.

"글렌 군은 정말 열심히 했어. 그런 아슬아슬한 상황이었는데도. 그러니…… 어쩔 수 없는 일이었던 거야."

"……."

글렌은 잠시 아무런 반응도 보이지 않았다.

"……단 한 명도 구해내지 못했어."

하지만 곧 쥐어짜 내듯 속내를 털어놓기 시작했다.

"이번 임무는 평소와 달랐어. 이브 녀석은 전공 때문에 인질을 버리려 하지도 않고 처음부터 구조하는 방향으로 작전을 짰고, 준비도 충분했어. 너랑 알베르트, 영감, 크리스토프, 리엘…… 전력도 지나칠 정도로 충분했고. 실제로 이브가 지휘하는 작전은 시종일관 순조로웠고 완벽했어. 그런데도…… 구하지 못했어. 딱 한 걸음이 부족했던 거야. **전부 내가 약해빠진 탓에.**"

"마술전투에는 상성이라는 게 있잖아. 이번에 글렌 군이 맡은 적은…… 그 상성이 최악이었는걸. 다들 오히려 감탄하더라. ……용케 그 상황에서도 살아남았다고."

세라는 침대 시트를 꽉 움켜쥐며 말했다.

"게다가 난…… 네가 살아 돌아와서 진심으로……."

"그래도 별것 아닌 놈이었어!"

하지만 글렌은 그 말을 가로막듯 주먹으로 침대를 내리쳤다.

"너나 알베르트였다면 쉽게 제압할 수 있는 상대였어! 하다못해 내가 평균적인 마도사였다면 평범하게 이길 수 있었어! 여유롭게! 그런데도 난 돌파하기는커녕 꼴사납게 꼬리를 말고 도망 다닐 수밖에 없었어! 그 탓에 작전이 전부 어긋나고…… 제길! 빌어먹을!"

"글렌 군 때문이 아니야. 그건 적의 정보를 오인한 정보부가……."

거기까지 말하던 세라는 입을 꾹 다물고 말았다.

적어도 지금의 그에게는 말해봤자 의미 없는 내용이었기 때문이다.

"……."

"……."

둘은 한동안 무거운 침묵에 잠겼다.

아주 조금만이라도 손을 내밀면 닿을 텐데, 그 짧은 거리가 무한한 것처럼 느껴졌다.

이윽고 글렌이 괴로운 표정으로 입을 열었다.

"세라. 미안. 나…… 더는 무리야. 그만 집행관에서, 물러날까 해."

"……!"

한순간 세라는 놀란 듯 눈을 크게 떴지만, 곧 납득한 듯 시선을 내리깔았다.

아무 말도 할 수 없었던 것은 그의 표정과 목소리에서 충동적으로 꺼낸 말이 아님이 느껴졌기 때문이었다.

특무분실은 늘 인력이 부족한 조직이다. 할당되는 임무의 난이도와 위험성으로 인해 멤버 사망률이 지극히 높아 최대 스물두 명의 자리가 전부 채워진 적이 거의 없을 정도였다. 이런 상황에서 사임하겠다는 것은 동료를 버리고 제 한목숨만 챙기겠다는 탈영이나 다를 바 없는 행위였고, 당연히 글렌이 그만두면 조직 전체의 전력이 떨어져서 남은 멤버들의 목숨도 위험해질 터.

그러니 겁쟁이, 비겁자, 배신자라는 비난을 들어도 할 말이 없으리라.

"그렇구나……."

하지만 세라는 화를 내고 비난하기는커녕 그저 슬프고 쓸쓸한 눈으로 천장을 올려다보았다.

"언젠가…… 이날이 올 줄은 알았지만…… 역시 좀 아쉽다."

"……."

"내게 있어 글렌 군은 있지…… 동지였어. 알다시피 나도 주제넘은 꿈을 꿔버린 타입이니까."

"……."

"글렌 군이 냉혹한 현실 앞에서도 「정의의 마법사」를……
꿈을 포기하지 않는 모습을 보면서 용기를 얻을 수 있었거든.
어쩌면 나도 언젠가 고향에…… 알디아에 돌아갈 수 있을지
도 모른다고. 아하하, 그게 절대로 이루어질 수 없는 일이라
는 건…… 사실 뼈에 사무칠 정도로 잘 알면서 말이야. 이젠
같이 돌아갈 동료와 가족은…… 어디에도…… 없는데……."

"……."

"있지, 글렌 군. 난…… 글렌 군의 뜻과 결단을 존중해. 그
래도…… 꼭 전하고 싶은 말이 있는데, 들어줄래?"

그제야 처음으로 시선을 돌린 글렌과 눈이 마주친 세라
는 살포시 웃으며 입을 열었다.

"글렌 군…… 부디……."

그렇게 세라가 뭔가를 말하려 한 순간.

터엉!

갑자기 방문이 벌컥 열리더니 마도사 예복을 입은 한 남
자가 안으로 들어왔다.

맹금류처럼 부리부리한 두 눈과 장발. 제국 궁정 마도사단
특무분실의 집행관 넘버 17《별》알베르트 프레이저였다.

그는 방 안의 음울한 분위기를 전혀 개의치 않고 평소처럼 담담한 목소리로 필요한 말만 전달했다.

"긴급 소집이다. 당장 출격할 준비를 갖추도록."

"기, 긴급 소집? 이 타이밍에……?"

"설마……."

"그 예상대로다. J안건. 국무대신 바이저드 경이 방금 **놈**에게 살해당했다."

"……?!"

"아……!"

그 말을 들은 순간, 세라와 글렌은 표정을 굳힐 수밖에 없었다.

————.

J안건.

그것은 지금도 제국사에 선명히 새겨져 있는 일련의 사건에 관한 불길한 기록이다.

발단은 지금으로부터 약 한 달 전에 있었던 『봉인지』의 제312회 정기조사 임무였다.

『봉인지』란 알자노 제국에 무수히 존재하는 고대 유적 중하나이자, 그 유적의 기능을 이용해서 만든 중요시설 중 하나다.

구체적인 기능은 「물체를 시간과 함께 동결해 영구히 보존하는 것」.

왜 하필 그 유적에 그런 기능이 있는지는 알 수 없었지만, 아무튼 그 유용성 때문에 제국은 그곳에 많은 것들을 봉인하게 되었다.

제국 성립 이래 수집한 국가와 세계의 구조 자체를 뒤흔들지도 모르는 극비 정보, 금기의 비술이 기록된 마도서, 금단의 마도기와 마술 도구.

급기야는 유일무이한 신비를 간직했기에 섣불리 처분할 수도 없는 외도 마술사나 이능력자, 인간이 감당할 수 없는 강대한 마수나 환수에 이르기까지.

이렇듯 현재 『봉인지』는 결코 인간이 건드려서는 안 될 수 많은 금기가 가득 담긴 어둠과 혼돈의 쓰레기통 같은 장소가 되어 있었다.

물론 유적 기능의 중추인 현실(玄室)은 정기적으로 보수 작업이 필요했고, 고대 초마법문명을 연구하기 위한 유적으로서의 가치도 매우 높았다.

또한 미궁 같은 내부는 어떤 마술로 공간이 왜곡되어 있어서 무한에 가까운 방과 구역으로 나눠져 있기 때문에 아직까지도 완전한 지도가 만들어지지 못했고, 심지어 지금도 증식과 확장을 거듭하고 있다는 학설까지 존재할 정도였다.

그래서 정기적으로 조사대를 꾸려 『봉인지』 내부로 파견하는 것이 제국의 관례였다.

문제가 된 제312회 정기 조사대에는 제국의 각 고등 마도 연구소에서 엄선된 마도고고학 연구원들(참고로 이때 알자노 제국 마술학원에서도 한 마도고고학 교수가 조사원으로서 참가를 신청했지만, 평소의 불량한 소행과 지리멸렬한 언동 및 그간 발표한 과격한 내용의 논문들이 문제시되어 기각되었다고 한다), 그리고 호위로서 제국군에서 엄선한 마도사들이 동행하게 되었다.

그런 호위 마도사들 중에는 그 인물도 있었다.

제국 궁정 마도사단 특무분실의 집행관 넘버 11《정의》 저티스 로우판.

이렇듯 만반의 준비와 함께 최고의 인재가 투입된 제312회 『봉인지』 조사 임무였지만.

결과적으로는 제국 역사상 유례없는 대실패로 막을 내렸다.

전멸. 성과는 전무.

이제 와선 그 조사에서, 그 유적에서, 당시 대체 무슨 일이 일어났는지는 아무도 알 수 없었다.

다만, 조사에 참가한 대부분의 인원이 언급하는 것조차 끔찍한 모습으로 발견됐을 뿐.

원형을 유지하지 못하거나, 겔 상태가 되어 있거나, 모습이 완전히 변질되었거나, 바짝 말라서 손바닥 사이즈로 쪼그라들었거나, 늙어졌거나, 가루가 되어 있거나, 소금 덩어리가 되어 있는 등등.

후일 파견된 진상 규명 팀이 역겨움을 참아가며 조사했지만, 대체 어떤 식으로 죽여야 이런 시신들이 남는지는 누구도 해명하지 못했다.

다만, 유일하게 파악된 사실은 특무분실에서 파견된 집행관 저티스 로우판의 시체만 어디에도 없었다는 것뿐.

대체 그는 어디로 사라진 것일까. 조사 중에 대체 무엇을 본 것일까.

하지만 그 의문들은 금세 뒷전으로 밀리게 되었다.

마치 조사 규명 팀의 노력을 비웃는 것처럼 홀연히 모습을 드러낸 저티스가 제국 정부의 중요인물들을 연속으로 암살했기 때문이다.

이유와 동기는 완전히 불명.

주장과 요구는커녕 범행 성명조차 없었다.

그서 가차 없이 정부 요인들을 자택에서, 대중 앞에서, 출장지에서 죽이고 또 죽여 나갔다.

한때 제국 정부가 큰 혼란과 공황 상태에 빠져 기능 부전이 될 정도로.

제국군도 저티스의 요인 암살 대책으로 마도병단, 제국 궁정 마도사단, 거기에 특무분실까지 동원했다.

하지만 그 모든 노력을 비웃듯, 저티스의 범행은 멈출 줄 몰랐다.

집행관 넘버 2 《여법황》 셰에라자드 루난.

집행관 넘버 4 《황제》 카이젤 키룸.

집행관 넘버 6 《연인》 아이라 트란도나.

일기당천의 실력을 자랑하는 특무분실의 멤버들도 이 일련의 암살 소동에서 저티스를 막으려 나섰지만, 잇따라 허망하게 목숨을 잃고 말았다.

결과적으로 저티스의 표적이 되고 살아남은 요인은 단 한 명도 없었다.

그리고 결국 《원탁회》의 일원이자 국무대신인 미카엘 바이저드마저 제국군의 위신을 건 철통 경계 속에서도 맥없이 유명을 달리하자, 이 일을 계기로 마침내 제국은 《원탁회》까지 움직이게 되었다.

《원탁회》는 알자노 제국의 최고 결정기관.

구성원은 전원 제국을 근간부터 지탱하는 군과 정재계의 요인들뿐.

평시에는 손가락 하나로 제국을 움직이는 구름 위의 존재들이 고작 한 사내를 잡기 위해 허겁지겁 한 자리에 모인 것이다.

그리고 이때는 아직 아무도 몰랐다.

이 J안건이 고작 서곡에 불과했다는 사실을.

이 앞에 더 큰 위기가 기다리고 있음을.

————.

이날 제도의 펠도라도 궁전에 있는 원탁 회의실은 여왕 알리시아 7세의 위엄으로도 수습할 수 없는 지경에 처해 있었다.

"대체 누가 어떻게 책임을 질 셈이오!"

"군이다! 이건 군의 잘못 아닌가!"

"그 저티스인지 뭔지 하는 놈은 특무분실의 배신자잖소!"

"아주 어이가 없구려! 귀공들 같은 부외자들이 옆에서 쓸데없는 참견만 하지 않았으면 저티스 같은 잔챙이 따윈 예전에 처리했을 것을!"

"애당초 《정의》 저티스 로우판은 평소의 소행 문제로 첫 암살 사건 발생 시점에서 이미 이그나이트 경이 특무분실에서 제적했던 상황이었지 않소!"

"말도 안 되는 비난은 삼가시오! 파우젠 경!"

"이 이그나이트의 개들이 뻔뻔하기는……!"

"책임을 회피하려고 예전에 제적했던 것처럼 부랴부랴 날조한 주제에……!"

"오늘 이그나이트 경이 결석한 것은 책임 추궁을 벗어나기 위해서가 아닌가?"

"양쪽 다 닥치세요! 지금은 책임 소재를 가릴 때가 아니잖아요! 지금 상황이 어떤지 알고는 계신 겁니까? 시급히 대책을 세우지 않으면 당장 내일 죽는 건 우리들일지도 모른다고요!"

"그렇소! 엘뤼미에르 경이 말한 대로요! 그토록 철통 경계 태세였던 바이저드 경까지 쉽사리 암살당하지 않았소!"

"큭! 애초에 귀공들 문치파가 쓸데없는 고집을 부려서 이쪽을 경계하지만 않았어도……!"

"그건 이 혼란을 틈타서 네놈들 무단파의 권리를 확장하려고 했기 때문이잖나!"

"뭐라고?! 가만히 듣고 넘길 수가 없군! 우리는 어디까지는 제국을 위해……!"

더는 건설적인 토론이 불가능한 상태였다.

"큭…… 제국의 수뇌라는 자들이 이 무슨 추태를……!"

원탁회의 고참인 그라츠 르 에드와르도 후작이 주먹을 쥐고 한탄했다.

"하하하, 난감하구만. ……이래서야 완전 오합지졸이 아닌가."

원탁회 최고의 괴짜인 에이브럼 루치아노 기사작도 이번만큼은 두 손 들었다는 듯 어깨를 으쓱일 수밖에 없었다.

그리고 원탁회의 수장인 여왕 알리시아 7세도 이 사태를 어찌 수습해야 좋을지 몰라 손으로 눈가를 가리고 한숨만

푹푹 내쉬고 있었다.

"저티스…… 당신은 대체 왜……?"

그런 여왕의 탄식은 원탁회를 지배하는 광란 속에 자연스럽게 삼켜지고 말았다.

한편, 같은 시각.

글렌과 세라는 이브의 지시를 따라 임시 원탁회가 열린 펠도라도 궁전 주변에서 경계를 서고 있었다.

그들이 배치된 곳은 궁전 정문 앞 광장. 평소에는 알자노 제국의 초대국왕 타이터스 1세의 상을 중심으로 우뚝 선 시민들의 쉼터였지만, 지금은 불길한 분위기에 감싸여 있었다.

위에서는 저물어 가는 해가 세상에 종언을 고하는 것처럼 하늘을 물들이고 있었다.

"여, 글렌! 세라! 이쪽에 이상은 없어?"

"……응, 뭐 그렇지."

"그런가! 그럼 이쪽은 맡겨두마! 난 다른 데도 보고 올게!"

마찬가지로 경비 임무에 참가한 제국 궁정 마도사단 제1실의 실장 크로우 오검과 한두 마디 나눈 후 돌려보낸 글렌은 한숨을 내쉬었다.

주위를 둘러보자 그들 외에도 제국 궁정 마도사단이나 마도병단의 정예들이 긴장한 얼굴로 경비를 서고 있었다.

아무튼 평소에는 절대로 한 곳에 모일 리 없는 군이나 정재계의 중진들이 지금 이 펠도라도 궁전에 모였기 때문이다.

그러니 경비를 선 입장에서야 신경이 날카로워질 수밖에 없으리라.

"원탁회는 지금쯤 어떻게 됐을까?"

"글쎄? 뭐…… 솔직히 개판이지 않을까?"

세라가 불안한 목소리로 묻자 글렌은 지루한 표정으로 대답했다.

"있지, 글렌 군 혹시 들었어? 우리가 원정을 떠난 사이에……."

"응, 아까 알베르트한테 들었어. ……특무분실에서도 셋이나 죽었다던가."

글렌의 표정이 씁쓸해졌다.

"《여법황》 셰에라자드, 《황제》 카이젤, 《연인》 아이라…… 솔직히 농담인가 싶더라. 그 녀석들만 한 실력자가 당하다니 말이야."

글렌은 같은 특무분실에서 근무하는 동료로서 그들과 나름 교류가 있었고 같은 임무에 참가했던 적도 있었다. 그래서 그들이 마도사로서 얼마나 강대한 힘을 지녔는지도 잘 알고 있었다.

그러다 보니 더더욱 실감이 나지 않았다. 그들이 이미 고인이 됐고, 이젠 두 번 다시 만날 수 없게 됐다는 현실이.

"만약 그게 정말 사실이라면 저티스 자식은 진짜 괴물이라고."

"그러게…… 겨우 한 명 때문에 《원탁회》가 움직인 것도 전대미문인걸."

"응. 지금까지도 앞으로도 그 자식뿐일걸."

말투는 심각했지만, 사실 글렌은 내심 남 일처럼 생각했다. 솔직히 이제 아무래도 상관없었다.

어차피 자신은 곧 군을 떠날 것이다. 사표를 제출할 타이밍을 놓쳐서 어쩔 수 없이 이번 임무에는 참가했지만, 의욕은 전혀 없었다.

스스로도 놀랄 정도로 이 나라의 미래에 흥미가 없었다.

아마 그만큼 심적으로 지쳐 있기 때문이 아닐까.

"글렌 군. 이대로 계속 정부 요인들이 살해당하면 국가 운영이 성립되지 않을 거야. 정말 제국이 무너져 버려. 그렇게 되기 전에…… 우리가 저티스 군을 반드시 막자. 응?"

세라는 무한한 사명감에 불타는 눈으로 글렌의 옆얼굴을 응시했다.

그런 그녀의 눈빛이 왠지 눈부시고 불편해진 글렌은 질투심에 가까운 짜증을 느꼈다.

"딱히 어찌 되든 상관없잖아?"

그래서 시선을 피하며 퉁명스럽게 쏘아붙이고 말았다.

"글렌 군?"

"아까 말했지? 난 군을 그만둘 거라고. 그런데 그런 식으로 옆에서 강요하는 건 솔직히 민폐거든?"

"……!"

세라는 한순간 눈을 크게 떴지만, 곧 슬픈 표정으로 시선을 내리깔았다.

"그, 그렇겠네. ……미안."

세라의 사과를 들은 글렌은 오히려 더 짜증이 났다.

그녀가 아니라, 그녀를 실망시킨 자기 자신에게.

그래서 그 사실을 얼버무리듯 빠르게 말을 쏟아냈다.

"애당초 말이야. 너도 이 나랏일로 그렇게 진지해질 필요가 있어?"

"……!"

"오히려 바라던 바 아냐? 너희 일족…… 먼 옛날 실바스와 맹약을 맺었으면서 정작 위기에 처했을 땐 무시해버린 박정한 나라의 위기잖아? 아직도 계약을 이행할 생각이 조금도 없는 거짓말쟁이 나라잖아? 그런데도 그 맹약을 방패 삼아 일방적으로 이용당하는 게, 긍지 높은 남원의 일족 실바스 최후의 공주인…… 너잖아?"

과거에 세라의 고향, 남원 알디아는 종교 정화 정책을 펼치는 이웃 나라 레자리아 왕국의 침공으로 멸망했다.

당시 알자노 제국은 옛 맹약에 의거해 세라의 일족 실바스와 동맹 및 협력 관계였지만, 여러 정치적·전략적인 사정으로 도움을 주지 못했다.

그리고 제국과 왕국의 전력 차나 국제 정치 상황 때문에 지금도 세라의 고향 알디아에는 조금도 손을 쓸 수 없는 상황이 이어지고 있었다.

하지만 세라는 언젠가 알자노 제국이 고향을 되찾아줄 것이라 믿고, 지금은 실바스 왕족의 피를 잇는 유일한 공주의 신분이면서도 제국에 몸 바쳐 싸우고 있었다.

그것이 앞으로 결코 이루어질 수 없는 꿈임을 알면서도.

"하! 꼴좋지? 이 나라가 나자빠지든 멸망하든 네 입장에 선……."

글렌은 빈정거리듯 입가를 끌어올리며 어깨를 으쓱였다.

짝!

하지만 어느새 정면에 선 세라가 그의 두 뺨을 세차게 움켜잡았다.

아픔은 거의 없었지만, 그 갑작스러운 행동에 놀란 글렌은 눈을 휘둥그레 뜰 수밖에 없었다.

"못써! 그런 마음에도 없는 소리를 하면!"

약간 화가 난 듯한 목소리였다.

마치 말을 안 듣는 동생을 타이르는 듯한.

"세, 세라……?"

"글렌 군은 있지. 분명 배가 고파서 피곤한 것뿐이야. 나중에 내가 밥 차려줄 테니까 그거 먹고 푹 자는 거다? 알았지?"

"돼, 됐거든?!"

글렌은 세라의 손을 난폭하게 뿌리치고 외쳤다.

"한숨 잔다고 내 마음은 안 바뀌어! 난 군을 그만둘 거야! 말려봤자 소용……."

"안 말려."

"……?!"

"오히려 글렌 군이 진심으로 그걸 바란다면…… 난 응원할게."

예상치 못한 반응에 글렌은 말문이 막혔다.

그러자 세라는 뒤로 손을 깍지 끼고 약간 즐거운 목소리로 말했다.

"흐음…… 만약 글렌이 군을 그만두면 다음엔 무슨 일을 하는 게 좋을까? ……아! 교사는 어때? 글렌 군, 가르치는 거 엄청 잘하잖아."

"……."

"뭐, 글렌 군의 진로에 관한 건 나중에 둘이서 곰곰이 생각해보기로 하고…… 지금은 이 위기에 집중해야겠지. 자, 둘이서 힘내자."

그렇게 말한 세라는 다시 주변에 주의를 기울이며 경비 임무에 집중하기 시작했다.

하지만 글렌은 묻지 않고는 견딜 수 없었다.

"……어째서?"

"응?"

"어째서 그렇게까지 진심이 될 수 있는 거야? 이 나라가 너한테 뭘 해줬다고. 그리고 너도 나랑 마찬가지잖아. 너도 알잖아? 꿈은 꿈일 뿐이라고! 고향을 되찾는 건 이제 불가능하다고! ……평소엔 아무 생각 없는 것처럼 보여도 사실 영리한 너라면 모를 리 없잖아?!"

"……"

"그런데도 왜 그렇게까지……."

그러자 세라는 왜 그런 걸 묻는지 모르겠다는 듯 고개를 살짝 갸웃거렸다.

"그야 글렌 군의 나라인걸. 엉망이 되면 글렌 군이 곤란하잖아?"

"……?!"

이번에야말로 완전히 넋이 나가서 할 말을 잃은 글렌 앞에서, 세라는 춤을 추듯 몸을 돌리며 하늘을 올려다보았다.

"확실히…… 글렌 군이 말한 대로야. 나도 생각이 많을 때가 있어. 난 뭘 위해 목숨 걸고 싸우고 있는 걸까, 내가 싸우는 것에 대체 무슨 의미가 있을까 고민하고 또 고민하다…… 군을 그만두자고 생각한 적이 한두 번이 아니었는걸."

"……"

"그래도 있지. ……난 이 나라가 좋아. 왜냐하면 이 나라

벅분에…… 이 나라에 온 덕분에…… 글렌 군과 만났는걸."

"……"

"글렌 군과, 글렌 군이 사는 이 나라를 지키기 위해서라면…… 내가 목숨 걸고 싸울 가치는 충분해. 그러니 난 아직 더 싸울 수 있어. 더 강해질 수 있어. 내가 싸우는 건 글렌 군을 위해. 글렌 군이 있으니까, 난…… 아무것도 두렵지 않은걸."

거기까지 말한 순간, 세라는 눈치챘다.

"어……?"

어느새 글렌이 자신의 시선을 피하고 있다는 것을.

언뜻 보기엔 기분이 언짢은 것 같지만, 자세히 보니 얼굴이 삶은 문어처럼 새빨갛게 익어 있었다.

그답지 않은 반응을 본 세라는 그제야 자각했다. 조금 전까지 자신이 한 말이 거의 사랑의 고백이나 다름없었다는 사실을. 심지어 어지간히 로맨틱한 대사였다는 것도.

"저기…… 세라? 그게, 그러니까…… 뭐랄까……."

글렌은 새빨개진 뺨을 검지로 긁적이며 횡설수설하기 시작했다.

여심에 둔감하기로 유명한 그도 여러모로 깨달은 바가 있던 모양이다. 아니, 오히려 이 상황에서 아무것도 눈치채지 못하는 남자가 이상한 게 아닐까.

그런 사실들을 이해한 순간.

"와, 와, 와아아아아아아아아아아아아아아아앗!"

세라는 얼굴이 단숨에 새빨개지더니 양손을 허둥지둥 휘
적거렸다.

"아니! 아니야! 그, 그그그, 그런 뜻이 아니라! 아닌 게 아
니지만, 아무튼 아니라구우우우우우우우우우우우! 앗! 저
저쪽에 경비가 좀 소홀한 것 같네! 내, 내가 보고 올······."

그리고 등을 돌리고 황급히 달아나려다가 넘어지고 말았다.

하지만 바로 벌떡 일어나더니 비틀거리며 자리를 떠났다.

"······거참."

글렌은 그런 세라의 뒷모습을 바라보며 씁쓸한 표정을 지
었다.

조금 전 고백이나 다름없는 말을 듣고 깨달은 사실이 더
있었기 때문이다.

확실히 그의 꿈은 이미 깨졌다. 모든 이를 지키는 『정의의
마법사』가 되는 건 영원히 이루어질 수 없으리라. 어릴 적부
터 목표로 삼았던 꿈이 마침내 끝을 맺은 것이다.

하지만 그런 자신에게도 아직 지키고 싶은 사람, 지켜야
할 사람이 있다는 사실을 자각하고 말았다.

'세라······.'

모든 이를 평등하게 구하는 것이 불가능하다면.

적어도 자신의 가까운 곳에 있는 사람만이라도 구하면 충
분하지 않을까.

자신이 가장 사랑하는 사람만이라도 지키면 충분하지 않을까.

그 또한 어엿한 『정의의 마법사』라고 할 수 있지 않을까.

그러니 자신이 이 세상에서 가장 구하고 싶고, 가장 지키고 싶은 사람이 누구인지 자문자답한 순간.

'후우…… 그야 뭐 뻔하지.'

하얗고 긴 머리카락을 살랑살랑 흔드는 그녀의 뒷모습을 으로 좇으며 글렌은 한숨을 내쉬었다.

'그래…… 이젠 다 끝인 줄 알았는데…… 난 아직 할 수 있어. 아직 싸울 수 있어.'

주먹을 강하게 쥐고 결심했다.

'저 녀석을…… 세라를 위해서라면 난 싸울 수 있어. 세라를 지키는 『정의의 마법사』가 돼도 충분하잖아?'

그렇게 생각하는 것만으로도 조금 전까지 마음을 무겁게 누르고 있던 우울한 중압감이 많이 가벼워졌다.

'하하, 나도 참 타산적인 인간이네. 뭐, 굳이 문제가 있다…… 나중에 저 녀석을 만났을 때 뭐라고 말을 꺼내야 좋지?'

일단은 세라의 마음에 제대로 대답을 해줘야만 했다. 못 은 척하고 대충 흘려 넘기는 건 남자가 할 짓이 아니다.

아무리 자신이 벽창호라지만, 그 정도 생각할 머리는 있었다.

물론 대답은 정해져 있었다.

오늘 이 순간까지 계속 눈을 돌려 왔지만, 이미 예전부터 자각하고 있었던 이 감정을 솔직하게 말로 표현하는 것뿐이다. 남자로서, 얼버무리지 말고, 제대로.

그것으로 둘의 관계는 평범한 「전우」에서 「특별한 무언가」로 극적인 변화를 이룰 터.

앞으로의 관계나 장래에 관한 불안 등 아직 겪어보지 못한 모르는 일이 산더미처럼 많았지만.

"일단 이 싸움부터 끝내야겠지."

모든 건 그때부터다.

"그래. 이 싸움이 끝나면 난……."

그렇게 결심한 글렌이 다시 경비에 집중하려 한 순간.

쿵!

불현듯 시내 쪽에서 불길한 소리가 들렸다.

"……뭐지?"

글렌이 의아해 하면 소리가 들린 쪽으로 고개를 돌리자 그곳에서는…….

————.

이날 변화는 조용히, 그리고 단숨에 일어났다.

기록에 의하면 사태의 발단은 제도 오를란도의 중앙구

번가 랜딜 거리였다.

평범한 일반인 중 한 명이 갑자기 흉포해지더니 아무런 죄도 없는 일반 시민들을 덮치기 시작한 것이다.

그 흉포해진 자의 힘은 명백히 이상했다. 심상치 않았다.

평범한 인간의 동체시력을 아득히 뛰어넘는 짐승 같은 순발력과 속도.

인간의 팔다리와 몸을 가볍게 찢어버리는 괴물 같은 완력.

뼈를 사탕처럼 씹어 부수는 악력.

그런 괴물의 갑작스러운 출현에 일반시민은 저항할 방법이 없었다.

잇따라 끔찍하게 살해당했고, 랜딜 거리는 큰 혼란에 빠질 수밖에 없었다.

그리고 그 혼란이 신호라도 되는 것처럼.

제도 각지에서 똑같이 이성을 잃고 흉포해진 자들이 하나둘씩 늘어나기 시작했다.

랜딜 거리의 혼란은 순식간에 제도 전체로 퍼져 나갔고, 거리는 지옥의 불가마를 뒤집은 것 같은 광란에 휩싸였다.

그렇게 해서 펠도라도 궁전을 중심으로 흉포해진 시민들의 포위망이 형성되기 시작했다.

기록에 의하면 이때 흉포해진 초기 시민의 수는 약 2천 이상.

그들의 공통적인 특징은 핏발이 서고 형형하게 빛나는 붉은 눈과 온몸에 불거진 그물망 같은 혈관.

사실 이것은 어느 금단의 마약에 의한 말기 증상이었다.

훗날 『엔젤 더스트 사변』 혹은 『저스티스 사변』이라 불리며 제국 전토를 뒤흔든 최악의 사건이 막을 올린 순간이었다.

————.

"이게 대체 어찌 된 일이오!"

펠도라도 궁전의 원탁 회의실에서 한층 더 큰 소란이 일었다.

긴급 소집을 받고 온, 현재 궁전 경비를 전담하는 특무분실 실장인 이브를 필두로 한 군 관계자들은 필사적으로 그들이 처한 상황을 설명했다.

그러나 자세한 설명이 이어질수록 분위기는 더 혼란스러워질 수밖에 없었다.

"그러니까, 앞서 몇 번을 말씀드렸다시피 이 궁전을 포위하듯 발생한 대량의 『엔젤 더스트』 말기 증상자가 폭동과 살육을 일으키고 있는 겁니다."

이브는 내심 짜증을 느끼면서도 새빨개진 얼굴로 악을 쓰는 원탁회의 노인들과 벌써 몇 번째인지 모를 문답을 반복했다.

"그리고 이자들은 전원 현재 이 궁전을 향해 일직선으로 진행 중이고, 그 포위망은 서서히 좁혀지고 있습니다."

"대, 대체 왜?!"

"그야 당연히……『엔젤 더스트』에는 피투여자의 의식과 이성을 박탈하고 투여자의 명령을 충실히 따르게 하는 효능이 있기 때문이죠. 그 투여자의 목적은 틀림없는 『원탁회』. 이건 즉, 이 자리에 모인 제국의 중진 여러분을 노린 테러 행위라는 겁니다."

"마, 말도 안 돼! 그런 가당치도 않은 짓을 실행에 옮길 수 있는 인간이 있을 리가……!"

"애당초 『엔젤 더스트』의 제조법은 이미 완전히 파기되었을 터……!"

"……실은 이미 어둠 속에 묻혀버린 『엔젤 더스트』의 제조법을 아직도 알고 있을 가능성을 가진 인물이 한 명 존재합니다."

"뭐……라고?!"

"그는 극비리에 제조법을 보유하고 있던 《현록의 파벌》을 단독으로 괴멸시킨 사내지, 원래는 기록 촉매 같은 걸 쓰지 않으면 도저히 보존할 수 없는 막대한 분량의 복잡기괴한 제조법을 단 한 차례 본 것만으로도 완전히 기억하고 재현할 수 있는 악마적인 두뇌를 가진 괴물. 그 인물의 이름은…… 저스티스 로우판. 최근 이어진 「J안건」의 중심인물이죠."

이브가 그렇게 단정하자, 회의실은 더 큰 혼란에 빠졌다.

더는 수습이 불가능할 지경으로.

"이, 이걸 대체 어쩔 거요!"

"누가 책임을 질 겐가!"

"그딴 것보다 빨리 여기서 탈출해야 해! 놈들이 오기 전에!"

"말도 안 되는 소리하지 마시오! 완전히 포위당한 데다 누가, 언제, 어디서 『엔젤 더스트』로 흉포해질지 모르는 상황이지 않소!"

"아니, 애당초 이렇게 당하고만 있을 수는 없지! 군의 총력을 기울여서 한시라도 빨리 저티스를 체포해!"

"지금 그럴 상황이 아니잖소! 일단 나라의 중심인 우리의 안전을 무엇보다 가장 우선해야……!"

또다시 의미 없는 논쟁만 되풀이되고 있었다.

'아, 진짜…… 성가셔! 군 관계자가 아닌 인간들은 제발 전부 나가줬으면……!'

하지만 이 자리에 있는 건 하나같이 구름 위의 거물들뿐이라 어쩔 수 없이 침묵한 채로 피같이 귀중한 시간이 낭비되는 것에 초조함을 느낀 순간.

"적당히들 좀 하세요!"

쾅!

원탁을 내리치는 소리와 함께 거센 질타가 날아들자, 회의

실이 단숨에 조용해졌다.

발언의 주인공은 알자노 제국의 국가원수, 여왕 알리시아 7세였다.

"이런 국난에 꼴사납게 허둥대고만 있을 건가요?! 부끄러운 줄 아세요!"

"하, 하오나 폐, 폐하……."

"폐하고 자시고! 저희가 이리 수수방관하는 사이에도 지켜야 할 시민들의 목숨이 위험에 처해 있지 않습니까!"

그리고 알리시아는 갑자기 이브에게 시선을 돌렸다.

"지금 이 자리에 있는 군 관계자 중에서 현장을 아는 현역 군인인 동시에 지휘 경험이 풍부하고 가장 계급이 높은 건 당신이겠죠? 제국 궁정 마도사단 특무분실 실장, 이브 이그나이트 백기장."

"예? ……옙!"

난데없는 주목을 받고 위축된 이브에게 알리시아는 말을 계속했다.

"펠도라도 궁전 부근에 집결한 제국군의 임시 총지휘권을, 여왕 알리시아 7세의 이름을 걸고 당신에게 맡기겠습니다. 백기장, 즉시 이 사태의 수습에 진력을 다하십시오! 이곳의 방어는 최소한으로 줄여도 상관없으니 어떻게 해서든 시민들을 지키는 겁니다!"

"자, 잠시 기다려주십시오! 폐하!"

"저희 『원탁회』가 여기 모여 있는데 저런 풋내 나는 계집에게 전권을 맡기시겠다는 겁니까?!"

"이 사태는 저희가 주도적으로 해결해야 할 터……!"

"그렇습니다! 그, 그렇지 않으면 우리 『원탁회』의 권위가……!"

노인들이 뭔가 아우성치기 시작했다.

"이건 제가 직접 내린 칙명입니다! 현장에서 물러난 지 한참 된 퇴물들이 어디서 감히 끼어드는 거죠?!"

쾅!

하지만 알리시아는 험악한 기세로 다시 원탁을 내리치며 전부 입 다물게 만들었다.

그 광경을 지켜보고 있던 에드와르도 경은 불안한 눈초리로 원탁회 멤버들과 여왕의 얼굴을 연신 힐끔거렸고, 루치아노 경은 팔짱을 낀 자세로 웃음을 흘렸다.

그리고 전혀 예상치도 못한 전개에 입만 떡 벌린 채 굳어버린 군 관계자들 사이에서, 이브는 내심 이런 생각을 했다.

'무, 무섭…… 아니, 역시 폐하셔! 훌륭한 결단이야. 이걸로 거동이 훨씬 편해졌어!'

이번 사태에서 군의 초동이 크게 늦어진 것은 하필이면 현장에 정부 고관들이 모여 있었던 탓에 지휘계통이 엉망진창이 됐기 때문이었다.

하지만 여왕 덕분에 겨우 일원화됐으니 이제부터라도 만회하면 될 터.

"……이브 백기장, 아니. 사령관님. 폐하의 칙명입니다. 아무쪼록 지휘와 명령을 내려주십시오."

옆에 있는 장교가 지시를 요구했다. 소속 부서와 부대는 다르지만, 여왕이 뒷배에 있는 지금은 그녀의 부하였다.

"알았어. 폐하의 어명 하에 펠도라도 궁전 경비를 맡은 전 부대에 지시를……."

그 순간.

"폐하아아아아아아아아아아아아아아아!"

갑자기 회의실 문이 거칠게 열리자, 전원의 시선이 그쪽으로 모였다.

문 너머에서 모습을 드러낸 것은 아직 젊은 나이의 통신 마도병이었다. 대체 무슨 일인지 초조함과 당혹스러움을 드러낸 얼굴이 퍼렇게 질려 있었다.

"뭐냐! 소란스럽게!"

"폐하의 어전이거늘! 이 무례한 놈이!"

"네놈, 소속과 계급을 대지 못할까!"

군의 고관들과 원탁회 멤버들이 즉시 비난과 질책성 발언을 퍼부었다.

"아니요, 괜찮습니다."

하지만 알리시아는 그런 그들을 손으로 제지하며 자리에

서 일어났다.

"……그 표정을 봐선 어지간히 급한 일인 것 같군요. 대체 무슨 일이 있었죠?"

"하, 황송하오나 보고를 올리겠습니다!"

빠르게 한쪽 무릎을 꿇은 마도병이 떨리는 목소리로 단숨에 말을 쏟아냈다.

"토, 통신이…… 방금 제도 오를란도 외부에서 통신이 들어왔습니다! 이 펠도라도 궁전을 포함한 제도의 모든 통신기기를 해킹한 저티스 로우판이…… 제국 정부를 향해 이번 사태에 대한 범행 성명을 발표했습니다!"

"""……?!"""

회의실 전체가 충격에 잠겼다.

"여, 연결해! 역탐지도 잊지 말고!"

가장 빠르게 충격에서 벗어난 이브가 재빨리 지시를 내리자, 통신 마도병들이 황급히 통신기기를 회의실에 설치한 후 신속히 주문을 영창하며 장치를 조작했다.

치, 치치, 치이익……

잠시 잡음이 흘러나왔지만, 회선이 연결되자 음성이 차츰 선명해졌다.

『죽어버려.』

그리고 들려온 것은 극상의 분노와 저주와 살의가 담긴 충격적인 최악의 첫마디였다.

『난 말이야…… 진심으로 실망했어. 이 나라에. 이 나라를 다스리는 너희들에게.』
『이 나라보다, 너희보다 사악한 존재는 없었어.』
『이 나라는 말이지…… 이 세상에 존재해서는 안 돼.』
『그래서…… 난 「정의」를 집행하겠어. 너희들을 단죄하겠어.』
『그것이야말로 지금도 역사의 이면에서 준동하고 있는 진정으로 사악한 존재에 대한 역사상 최초의, 작지만 위대한 반격이 될 테니까.』
『그러니 안심하고, 당당히 죽어도 돼. 너희들의 죽음이 이 세상을 구할 단초가 될 테니까.』
『나, 저티스 로우판은 이 세상에 진정한 정의를 세우기 위해서 여왕에게…… 알자노 제국에게 반기를 드는 거야.』
『이젠 알겠지……?』
『이건 범행 성명이 아니야. ……**선전 포고지**.』

모두가 얼어붙을 수밖에 없었다.

그 바닥이 보이지 않는 심연 같은 악의에.

정체를 알 수 없는 공포와 전율에.

―――――.

"빌어머그ㅇㅇㅇㅇㅇㅇㅇㅇㅇ을!"

몸을 날리며 외친 글렌이 총구를 돌렸다.

그리고 공이를 3연속 패닝.

뇌성과 함께 배출된 납탄이 무시무시한 속도로 달려드는 『엔젤 더스트』 말기 증상자에게 명중했다.

"흐읍!"

《슈투름》을 써서 건물 옆면을 최고 속도로 질주하던 세라도 마찬가지로 바람 칼날을 날려서 건물 틈 사이를 짐승처럼 뛰어다니던 말기 증상자 하나의 목을 정확하게 날려버렸다.

"글렌 군, 위험해!"

"……!"

바람을 두르고 지면에 착지한 그녀는 재빨리 오카리나를 불었다.

그 음색을 따라서 소환된 세 마리의 바람 정령^{실프}이 그야말로 총알 같은 속도로 날아가, 곤봉을 세워 들고 글렌의 등을 노리던 말기 증상자를 난도질했다.

"고, 고맙다! 세라!"

글렌은 즉시 퍼커션식 리볼버의 배럴 웨지를 뽑아서 텅 빈 탄창을 바닥에 떨어트리고 새 탄창을 장전했다.

그런 그의 뒤를 지키려는 듯 세라가 바람처럼 내려왔다.

현재 그들을 포함한 궁전 주변의 경비군은 포위망을 좁혀 오는 『엔젤 더스트』 말기 증상자들을 요격하는 중이었다.

주위에서 전투음과 고함이 끊일 틈이 없는 혼란스러운 상황이었지만, 그보다 더 최악인 것은 『엔젤 더스트』 말기 증상자 전원이 글렌과 세라 같은 역전의 마도사가 아니면 감당할 수 없는 전투력을 보유하고 있다는 점이었다.

더구나 그런 이들이 하나의 군대나 생명체처럼 조직적인 움직임을 보이며 각 방면에서 파도처럼 밀려오고 있었다.

"으아아아아아아아아아아악!"

"끄아악!"

그러다 보니 주위에서는 요격에 나선 마도병들이 계속해서 허무하게 죽고 있었다.

"젠장!"

총을 난사한 글렌은 틈틈이 어설트 스펠도 써가며 욕설을 내뱉었다.

화약의 연기가 허공을 가르고 『블레이즈 버스트』의 폭염

이 세상을 뜨겁고 붉게 물들였다.

제도 각지에서도 비슷한 상황이 벌어지고 있는지 조금 전부터 폭음과 뇌성이 제도의 하늘에 쉴 새 없이 울려 퍼지고 있었다.

이렇듯 제도는 완전히 지옥 같은 전장으로 변모해 있었다. 고작 단 한 남자의 손에 의해서.

"저티스 자식! 대체 무슨 생각인 거지?!"

글렌은 파도처럼 끊임없이 밀려드는 말기 증상자들을 때려눕히고, 총알을 박아 넣고, 마술로 태워죽이며 외쳤다.

"모르겠어. 대체 왜 이런 짓을……!"

바람을 자유자재로 조종하며 글렌의 등을 지키는 세라의 아름다운 얼굴에 떠오른 것도 당혹스러움뿐이었다.

"진짜 제정신이야?! 이게 말이 되냐고! 그 자식…… 혼자서 세계 최강의 마도대국을 상대로 싸움을 걸다니……! 단독으로 쿠데타를 일으킨 거라고! 이런 정신 나간 놈은 아마 역사상 처음일 거야!"

더 무서운 것은 그 계획이 거의 성공을 눈앞에 두고 있다는 점이었다.

분명 개인이 국가를 전복하는 건 보통은 불가능하다.

하지만 국가의 중심인물들이 집결한『원탁회』와 그들만을 노린『엔젤 더스트』말기 증상자들에 의한 동시다발적인 무력 봉기와 전격 공세 작전.

출동 요청을 받은, 제도 교외에 배치 중인 제국군의 주력 부대가 준비를 마치고 궁전에 집결하기까지 필요한 시간은 약 세 시간.

하지만 그 전에 방어선은 붕괴되고 궁전에 적들의 침입을 허용하고 말 터.

원탁회가 소집되는 타이밍이나 마침 이 시기에 이루어진 군의 부대배치 변경과 그에 따른 지휘계통의 재편이나 유사시에 발생한 혼란 등의 다양한 요인을 완벽히 계산해서 「절대로 늦을 수밖에 없는 세 시간」을 만들어낸 저티스의 수완은 그야말로 악마적인 수준이었다.

—읽고 있었어.

그 순간 글렌의 머릿속을 불현듯 스치고 간 미성은 그 찜찜하고 불쾌한 저티스의 말버릇이었다.

'그 녀석이라면 분명…… 이 타이밍에 『원탁회』가 소집되는 건 노리고 정부 요인들을 죽이고 다닌 거겠지!'

하지만 이제 와서 눈치채봤자 방법이 없었다.

지금은 눈앞에 밀려드는 적을 해치우지 않으면 자신의 목숨조차 위험했다.

'제길! 제길제길제길! 제기라아아아아아알!'

그저 살아남기 위해 원래는 아무런 죄도 없는 일반시민이었을 말기 중상자들을 계속해서 죽여 나갔다. 적에게 붙잡혀서 끔찍하게 찢겨 죽는 아군도 계속 늘어나는 지옥 속에서 살기 위해 필사적으로 몸부림칠 수밖에 없었다.

"글렌!"

"여! 세라 양도 살아 있었구만! 훌륭해!"

이윽고 알베르트와 버나드가 도착했다.

알베르트가 날린 【라이트닝 피어스】가 큰길 너머에서 달려오는 적들을 정확하게 관통하고, 버나드가 펼친 강사로 이루어진 결계가 건물 틈 사이에서 날아드는 적들을 산산이 조각냈다.

"알베르트! 영감도?!"

"이쪽의 전황은 어떻지?"

"아앙?! 보면 몰라? 당연히 최고로 엿 같은 상황이지! 차라리 지옥도 이보단 낫겠다!"

투덜댄 글렌이 건물 뒤에서 총을 난사했지만, 간헐적으로 울린 총성은 곧 주위의 소음에 간단히 파묻혔다.

합류에 성공한 특무분실 멤버들은 서로를 지원하며 압도적인 전투력을 발휘해, 주위의 마도병들을 구조하는 데 그치지 않고 전선까지 크게 밀어냈다.

하지만 이 작은 승리는 전체에 큰 영향을 미칠 정도는 아니었다.

조금 전부터 통신 마도기를 통해 들려오는 각지의 상황은 어느 지역이 돌파당했다느니, 어느 부대가 전멸했다느니 같은 어두운 소식뿐이었다.

분명 이 모든 것은 저티스가 예상한 대로일 터.

전황은 서서히 그의 계획대로 진행되고 있었다.

"빌어먹을……!"

"그래, 정말 빌어먹을 상황이지! 간만에 지려버릴 것 같아!"

동결 상태를 해제한 머스킷들을 발사하고 내던지는 일을 반복하던 버나드가 글렌의 욕설에 반응했다.

"그건 그렇고 이번 임무에 크리 도령과 리엘이 없는 건…… 이걸 좋다고 해야 할지 나쁘다고 해야 할지 모르겠구만."

"……그러게 말이야."

특무분실 집행관 넘버 5《법황》크리스토프 프라울.

동일 소속 넘버 7《전차》리엘 레이포드.

특무분실 내에서는 나이가 어린 편에 속하고 신입이기도 한 이 둘은 현재 다른 임무를 함께 맡고 있어서 제도에 없었다.

이미 둘 다 무시무시한 전투력을 보유한 집행관이라 이런 극한 상황에서 자리를 비운 건 솔직히 아쉬웠지만, 한편으로는 아직 미숙한 그들이 이런 최악의 전장에 참여하지 않아 다행이라는 생각도 들었다.

사실 특무분실에 소속된 시점에서 이미 늦은 것 같기는 하지만 말이다.

"아무튼 이 자리에 없는 녀석들은 잊어라."

알베르트가 아무렇지 않게 흑마 【플라스마 필드】를 날리자, 사납게 날뛰는 전격으로 이루어진 법진이 한데 뭉쳐서 달려오던 적 몇 명을 한꺼번에 증발시켰다.

"우리는 우리가 해야 할 일을 하면 될 뿐이니까."

"그걸 누가 몰라?! 그보다 본진의 방어는 어떤데. 너희들까지 줄줄이 최전선에 나와 있어도 괜찮은 거야?"

"현재 궁전 앞 최종 방어선은 《사신》과 《심판》이 맡고 있으니 어지간해선 뚫리지 않을 테지."

"뭐?! 진짜? 그 녀석들도 도착했어?"

특무분실 집행관 넘버 13 《사신》 브래들리 데일서드.

동일 소속 넘버 20 《심판》 자넷 세이크리아.

특무분실의 실력자인 그들은 글렌 따위는 발끝에도 미치지 못할 수준의 초일류 마도사다.

브래들리는 【죽음의 선고】라고 하는, 듣는 즉시 죽음에 _{데스 스펠} 이르는 비술이 특기인 무시무시한 남성 마도사였고.

자넷은『살바르트 증후군』이라는 영(靈)적인 불치병으로 인한 짧은 수명을 대가로 얻은 인간의 규격을 초월한 캐퍼시티와 마력 밀도로 구사하는 어설트 스펠의 위력이 제국군에서도 독보적으로, 파괴력만이라면 예전의 집행관 넘버 21 《세계》 세리카조차 뛰어넘었다는 평을 듣는 여성 마도사였다.

팀의 상성 문제로 글렌은 그들과 같은 임무를 맡은 적이 거의 없었지만, 그래도 같은 부서에 있다 보니 나름 교우 관계와 신뢰를 쌓아온 동료이기도 했다.

그중에서도 특히 글렌과 자넷은 성별만 다른 악우 같은 사이였다.

"뭐, 그 녀석들이 최종 방어선에 있다면 일단은 안심이지. ……아니, 솔직히 그 녀석들이 싸우고 있을 땐 가까이 있고 싶지 않아."

"……그건 동감이다."

웬일로 알베르트도 약간 씁쓸한 표정으로 긍정한 순간.

『잡담은 그쯤 해둬.』

그들이 장비한 보석형 통신 마도기에 통신이 들어왔다.

특무분실의 집행관이라면 누구나 익히 아는 목소리였다.

"이브?!"

그들의 상사이자 상관인 특무분실 실장이었다.

"뭐야, 이쪽은 더럽게 바쁘구만! 이런 때까지 설교냐?"

『나도 그 정도까지 한가하진 않아. 긴급 명령이야. 글렌, 세라, 알베르트, 버나드. 지금 당장 각자 지정한 장소로 이동해. 좌표는…….』

"자, 자, 자, 잠깐! 이런 상황에서 이동용?!"

글렌은 전투를 멈추지 않은 채로 외쳤다.

"너 정신 나갔어?! 지금 전황이 어떤지 알아? 지금 우리가 여기서 빠지면 아군에 얼마나 피해가 생길지 아냐고!"

그리고 만신창이가 되어가면서도 필사적으로 싸우고 있는 주위의 아군 마도병들을 확인했다.

『알아! 나도 안다고!』

그러자 이브가 초조함과 짜증이 뒤섞인 목소리로 외쳤다.

『하지만 어쩔 수 없는걸! **증원**이야! 새로운 말기 증상자 집단이 제도 각지에 출현했어! 지금까지의 말기 증상자들을 크게 상회하는 전투력과 흉포함으로 시민들을 현재 진행형으로 학살하고 있단 말이야! 그런데도 더는 병력을 차출할 곳이 없다구!』

그 외침은 거의 비명에 가까운 울림으로 끝을 맺었다.

"뭐……?"

한편, 글렌은 아연실색할 수밖에 없었다.

분명 이것도 제국군의 전력과 전선의 전개를 예측한 저티스의 책략일 터.

아무래도 그는 진심으로 제국과 전쟁을 해볼 생각인 모양이었다.

"그 자식은……! 대체 어디까지……!"

글렌은 이를 악물며 다시 주위를 확인했다.

끊임없이 몰려드는 말기 증상자들과 대열을 짜서 요격하는 아군 마도병들.

그들은 필사적으로 화염구와 전격을 날리며 응전했지만, 인간의 동체시력을 아득히 뛰어넘은 속도와 인간의 규격을 벗어난 완력 앞에서 한 명 또 한 명씩 목숨을 잃고 있었다.

그렇게 주위에서는 영혼이 마모되는 듯한 단말마가 그칠 새가 없었다.

'이런 상황에서 정말 우리가 빠져도 괜찮은 거야? 자칫하면 전멸할지도⋯⋯!'

하지만 이러는 사이에도 다른 곳에서는 무력한 시민들의 생명이 덧없이 스러져 가고 있으리라.

아무리 발버둥 쳐도 글렌은 그들 모두를 구할 수 없었다.

그는 모든 이를 구원할 수 있는 『정의의 마법사』가 아니었으니까.

물론 알고 있었다. 알고 있었는데도⋯⋯.

"⋯⋯그들도 이 나라에 목숨을 바치기를 각오한 군인이다."

그런 글렌의 어깨를 알베르트가 다독였다.

"최고는 무리겠지만, 최선을 다할 수밖에. 적어도 지금은."

"⋯⋯큭! 나도 알아!"

글렌은 머리를 내저은 후 사나운 말투로 이브에게 질문을 던졌다.

"이브! 어디야! 우린 어디로 가면 되는 건데!"

『웬일로 금방 고분고분해졌네. 평소에도 이러면 얼마나 좋아. 편성은 글렌과 세라는 2인 1조로. 알베르트와 버나드는 각자 단독으로 움직여줘. 너희가 서둘러야 할 장소는…….』

특무분실 멤버들은 이브의 지시를 따라 각자에서 배정된 전장으로 움직이기 개시했다.

"글렌 씨! 알베르트 씨! 시민들을…… 부탁드립니다!"

"여긴 저희가 어떻게든 막아볼게요!"

"그래, 알았어! 너희도 죽지 마!"

그러나 이곳에 남겨진 이들과 나눈 그 짧은 대화가 이번 생의 마지막 인사가 되었다.

─────.

"하긴 그렇게 나오시겠지. 「읽고 있었어」."

이번 사태의 주범인 저티스는 입가를 차갑게 끌어올리며 만족스럽게 웃었다.

현재 그는 제도에서 벌어지는 모든 일을 마술로 전부 파악하고 있었다.

아직까지는 모든 것이 순조로웠다.

"이걸로 저 성가신 특무분실 멤버들을 분산시키는 데 성공했군. 하하, 아무리 나라도 그들 전원이 한곳에 모여서 버티고 있으면 손쓸 방법이 없으니까 말이야. 그중에서도 특히…… 글렌은 무슨 짓을 저지를지 나도 예측할 수가 없거든. 그러니 그는 관계없는 곳에서 혼자 열심히 싸워주면 돼."

저티스는 즐겁게 웃었다.

"……뭐, 이것으로 준비는 전부 갖춰졌네. 이제 남은 건 마지막 수를 두는 것뿐인가."

―――.

펠도라도 궁전을 중심으로 펼쳐진 전선은 수렁에 빠지고 말았다.

각지에서 현재 진행 중인 지옥 같은 소모전.

끝없이 추가되는 『엔젤 더스트』 말기 증상자 집단.

알베르트, 버나드와 헤어진 글렌은 세라와 함께 새로 등장한 적들을 추격하듯 제도 각지를 전전했다.

군의 주력부대가 궁전에 집결하기까지 앞으로 한 시간.

하지만 그 한 시간이 절망적일 정도로 길게 느껴졌다.

―――.

제도 오를란도 중앙구 7번가, 랜드하이드 거리.

"하아아아아아아아아아아아아아앗!"

춤을 추는 듯한 동작으로 펼친 포격급 위력의 바람이 세라를 노리고 달려드는 말기 증상자 셋의 몸을 완전히 박살 내며 날려버렸다.

"하아, 하아! 헉, 헉!"

연전에 연전을 거듭하자, 제아무리 괴물 같은 캐퍼시티를 자랑하는 그녀라도 슬슬 숨이 목구멍까지 차기 시작했다.

그런데도 적은 어딘가에서 끝없이 출몰하고 있었다.

마침 고개를 들어보니 길 건너편에서 새로운 말기 증상자들이 이쪽을 향해 천천히 걸어오는 모습이 보였다.

"트, 틀렸어. 우리 둘로는 무리야. 더는 못 막아! 난 이미 치유 한계에 도달했고…… 다리를 다쳐서 슈투름도 못 쓰는데!"

세라는 숨을 헐떡이며 일단 건물 뒤로 몸을 숨겼다.

"거기다 적의 증원은…… 이브가 말한 대로 기존의 적들과는 비교도 안 될 정도로 강해. 다들 여태껏 싸우느라 거의 한계인데……."

그곳에서는 이미 만신창이가 된 몸으로 벽에 등을 기댄 글렌이 왠지 모를 진지한 표정으로 묵묵히 권총의 탄창을 교환하고 있었다.

"……이건 해도 너무하잖아. 저티스 군은 대체 얼마나 많은『엔젤 더스트』를 미리 뿌려둔 걸까?"

"……."

"글렌 군. ……여긴 이제 틀렸어. 일단 퇴각하자. 이대로는……."

"……이상해."

세라가 조심스럽게 제안했지만, 글렌은 탄창 교환 작업을 중지하기는커녕 대뜸 그런 말을 꺼냈다.

"어? 뭐가?"

"이 상황만 놓고 보면 제도 전체에 미리 『엔젤 더스트』를 뿌려둔 저티스가…… 각지에서 시간차로 증상을 일으키는 동시에 『엔젤 더스트』에 걸어둔 령주로 말기 증상자들에게 살육을 벌이면서 궁전 쪽으로 진군하도록 유도한 것 같지?"

"으, 응. 맞아……."

"그리고 외부 어딘가에서 선전 포고를 날린 저티스는 지금쯤 이 모든 상황을 재미나게 지켜보고 있겠고?"

"……응. 본부의 역탐지 정보에 의하면 저티스 군은 지금 제도에 없댔어."

"내가 이상하다는 건 바로 그거야. ……**적이 너무 강해.**"

글렌은 탄창을 교체한 총을 홀스터에 꽂고 그제야 처음으로 세라에게 시선을 보냈다.

"……그게 무슨 소리야? 글렌 군."

"그러니까 추가로 발생한 말기 증상자들 말인데…… 처음 싸웠던 놈들보다 기이할 정도로 전투 능력이 높았잖아?"

"으, 응. 언뜻 봐도 알 수 있을 정도로……."

"『엔젤 더스트』 말기 증상자는 확실히 압도적인 신체 능력, 재생 능력과 반응 속도를 얻게 되지만…… 그래도 저 정도는 아니야. 추가로 발생한 놈들은 내가 아는 『엔젤 더스트』의 이론적인 강화 수준을 넘어도 한참 넘은 상태였어."

"어? 그치만 실제로 엄청 강했는데……."

세라가 눈을 깜빡이자 글렌은 설명을 계속했다.

"아니, 사실 딱 한 가지 방법이 있기는 해. 그게 뭐냐면……
『엔젤 더스트』의 베타 버전을 쓰는 거지."

"……베타 버전?"

고개를 갸웃거리는 그녀에게 글렌은 고개를 끄덕였다.

"응, 베타 버전. 『엔젤 더스트』에는 우리가 익히 하는 알파
버전 외에 베타 버전이라는 것도 있다더라고."

"나, 난 처음 들었어."

"그야 그럴 만도 해. 베타 버전의 완전한 제조법은 사정이
있어서 백 년 전쯤에 소실됐거든. 나처럼 심심하면 고전 마
술 논문을 뒤적거리는 일이 취미인 괴짜가 아니면 모르는
게 당연해."

글렌은 눈을 동그랗게 뜨고 놀라는 세라에게 설명을 계속
했다.

"그래서 그 베타 버전 말인데…… 겉으로 보이는 증상 자
체는 알파 버전과 큰 차이가 없지만, 투약 대상에게 알파
버전을 아득히 뛰어넘는 강화 효과를 보인다더라고."

"어? 그럼……."

"아마 추가로 발생한 놈들에게 쓴 건 베타 버전일 거야.
내가 기억하는 이론상의 강화 수준과도 거의 일치하니까 확
실해. 요컨대, 저티스는…… 로스트 미스틱 실전 마술을 재현해낸 거야! 그

204 변변찮은 마술강사와 추상일지 10

자식의 두뇌와 기량이라면 충분히 가능했을 테고!"

글렌은 자신의 추측을 거의 확신했다.

"그, 그치만 글렌 군. 그게 왜?『엔젤 더스트』에 알파랑 베타 버전이 있다고 해도…… 어차피 적이 강해진 건 마찬가지인데……."

"잠자코 들어봐, 세라. 본론은 지금부터니까."

글렌은 건물 뒤에서 외부의 상태를 신중히 살피며 입을 열었다.

"사실 베타 버전에는…… 결함이 있어."

"겨, 결함?"

"응. 알파 버전은 투여하고 나서 증상이 일어나기까지의 간격을 어느 정도 조절할 수 있지만…… 베타 버전은 그게 불가능해. 투여하는 즉시 증상이 생겨. 그리고『엔젤 더스트』는 일단 마약으로 취급되곤 있어도 실은 일종의 사령술^{네크로맨시}이야. 본인이 직접 대상에게 약을 투여하지 않으면 효과가 발생하지 않아. ……이제 내가 무슨 말이 하고 싶은지 알겠지?"

"어, 그, 그렇다는 건, 설마……?"

"맞아. 저티스 자식은…… 이 제도 어딘가에 반드시 있어! 외부에서 통신을 보냈던 건…… 모종의 수단을 쓴 위장일 거고!"

글렌의 분석을 들은 세라는 어안이 벙벙했다.

"그리고 네크로맨시인 이상 주인^{마스터}…… 저티스만 해치우면 말기 증상자들은 전부 알아서 붕괴될 거야! 이 이상 시민과 아군에 희생이 발생하는 걸 막으려면 한시라도 빨리 저티스를 찾아내서 직접 박살 내는 수밖에 없어! 문제는 놈이 제도 어디에 잠복 중이냐는 건데…… 적의 증원이 발생한 시간과 장소를 역산해본다면……!"

그리고 글렌은 혼잣말처럼 중얼거리더니 갑자기 생각에 잠겼다.

아마 머릿속으로 제도의 지도를 그리고 지금까지의 정보를 취합해 저티스의 위치를 계산하고 있는 것이리라.

"놈이 『엔젤 더스트』를 마술로 생성한 바람을 이용해서 뿌렸다고 가정하면…… 퍼지는 방식과 경위…… 이동속도는 은밀성을 중시한다면…… 아니, 잠깐만."

세라는 그저 감탄밖에 나오지 않았다.

『엔젤 더스트』에 두 가지 버전이 있다는 것은 아마 이브는 커녕 알베르트조차 모르고 있던 사실이리라.

하지만 이 중대한 순간에 글렌은 때마침 그 지식을 떠올려 돌파구를 만들어낸 것이다.

마도사가 아니라 마술사로서는 정말 독보적인 재능이었다.

"……그래, 로열 파크야! 이토록 거창하게 일을 저지른 상황에서 그나마 제대로 잠복할 수 있는 장소는 그곳밖에 없어!"

이윽고 글렌은 결론을 내린 듯 확신이 담긴 목소리로 외쳤다.

"세라! 이브에게 통신을 연결해줘! 내 건 조금 전의 전투로 박살 났거든!"

"으, 웅! 바로 연결할게, 글렌 군!"

세라는 글렌의 지시대로 황급히 보석형 통신 마도기를 조작하기 시작했다.

————.

"……세상에."

펠도라도 궁전의 원탁 회의실에서 글렌의 보고를 받은 이브는 이마를 손으로 누르며 신음이 나오는 것을 막지 못했다.

"아니, 하지만…… 확실히…… 이론상으로는 맞아. 내가 지금까지 느꼈던 위화감도 이걸로 전부 설명이 돼."

『그치?! 아니, 그보다 웬일이래? 내 추측을 믿는 거야?!』

당황한 글렌이 엉겁결에 큰 소리를 내자 이브는 귀에서 통신 마도기를 떼며 인상을 찌푸렸다.

"마도사로서의 당신은 조금도 신뢰가 안 가지만, 마술사로서는 다르니까."

『그, 그런가…….』

"이건 큰 공적이야, 글렌. 잘했어."

글렌의 보고를 접한 이브는 그 총명한 두뇌로 저티스가 이번에 세운 계획의 구조를 거의 파악했다.

틀림없이 그자는 이 제도, 그것도 글렌의 말마따나 로열 파크에 잠복하고 있을 확률이 지극히 높으리라.

『그럼 얘기가 빠르지! 나랑 세라는 이대로 로열 파크로 갈게! 하지만 저티스는 두말할 것 없는 강적이야! 우리 둘만으로는 감당하기 어려워! 그러니 부탁할게! 아무나 지원을 보내줘!』

"지원······."

아무리 글렌을 싫어하는 자신이라도 거절할 수 없는 제안이었다.

"······큭."

하지만 이브는 원탁 위에 펼친 전황도를 보고 이를 악물 수밖에 없었다.

아군과 뒤섞인 적들이 지금 당장에라도 궁전에 침입할지 모르는 지극히 혼란스러운 상황.

글렌과 세라에게 지원을 보낼 여력이 전혀 없었다.

"이브 백기장님! 방금 알베르트 프레이저 십기장이 하이넬 거리 C-4 구역의 적들을 완전히 제압했습니다!"

하지만 때마침 통신 마도병이 낭보를 가져왔다.

"저, 정말?! 잘했어!"

이것은 기적일까. 갑자기 패가 하나 생겼다.

심지어 이 상황에서 고려할 수 있는 최강이자 최고의 패가.

마침 글렌과 세라가 있는 위치와도 그리 멀지 않았다. 합류는 충분히 가능할 터.

"글렌! 알베르트를 그쪽으로 보낼게!"

『진짜?! 그럼 최고지!』

"당신들은 로열 파크로 이동해! 금방 합류하게 할 테니까. 또 남는 인원이 생기면 그쪽으로 보낼게!"

『써! 옛썰!』

그리고 글렌과 통신을 끊은 이브는 부하에게 알베르트와 통신 회선을 연결하라는 명령을 내렸다.

'좋아. 이걸로 이길 수 있어!'

하사관들이 분주히 움직이는 가운데, 이브가 이번 사태의 수습과 승리를 확신한 순간.

"크, 큰일입니다! 이브 백기장님!"

다른 통신 마도병이 비명을 질렀다.

대체 무슨 소식을 들은 건지 새파랗게 질린 얼굴로 공포와 절망에 떨면서.

"이번엔 또 뭔데!"

이브는 재촉했다.

"저, 저티스 로우판이…… 방금 **펠도라도 궁전 앞 광장**에 모습을 드러냈습니다!"

"……뭐?"

한순간 자신의 귀를 의심했다.

펠도라도 궁전 앞 광장.

즉, 이 회의실 바로 앞이었기 때문이다.

"요격에 나선 『사신』 브래들리 데일서드와 『심판』 자넷 세이크리아가 교전 끝에…… **전사!** 현재 저티스는 이 본부를 향해 이동 중! 이, 이브 백기장님…… 지시를!"

—————.

제국 궁정 마도사단 특무분실의 집행관 넘버 20 『심판』 자넷 세이크리아는 천재였다. 마술이 낳은 아이라 불릴 정도의 재녀였다.

하지만 그녀는 『살바르트 증후군』이라는 영적인 불치병을 안고 태어난 탓에 수명이 너무나도 짧았다. 이십 대 중반까지 살면 기적이라는 소리를 들을 정도로.

그 대신 인간의 틀을 벗어난 캐퍼시티를 얻었지만, 그래도 지나치게 무거운 대가였다.

하지만 그녀는 절망하지 않았다. 자포자기하지 않았다.

짧은 인생 동안 자신의 재능을 최대한 살려서 이 세상에 환원하는 길을 택했다.

마지막 순간까지 누군가를 위해 힘을 쓰고, 누군가를 위해 살고, 누군가를 위해 뭔가를 이루고 싶었다.

이 고달픈 세상 속에 자신이 살았다는 증거를, 흔적을 남기고 싶었다.

그것만이, 고작 열일곱 살의 나이로 특무분실의 집행관이 된 자넷의 소원이었다.

하지만 그런 그녀의 소원은, 희망은 지금 이 순간 허망하게 짓밟혀버렸다.

뒤틀려버린 『정의』의 손에 의해—.

"언젠가…… 이런 날이 올 거라고…… 각오했지만……."

핑크색을 띤 금발의 아리따운 소녀, 자넷은 온몸이 피투성이가 된 상태로 고개를 들었다.

"그래도…… 조금이라도 더…… 살고 싶었어……."

흐릿한 그녀의 눈에 비친 것은 수많은 인공 정령들이 이쪽에 창을 겨눈 채 일사불란하게 날아드는 광경이었다.

이미 손상된 왼쪽 눈은 보이지 않았고, 왼팔은 깊은 상처가 생긴 데다, 구멍이 난 오른 다리에는 힘이 들어가지 않았다.

다음 순간, 고슴도치처럼 온몸이 창에 찔려서 날아간 자넷은 곤충 표본처럼 건물 벽에 전시된 채로 절명했다.

"……렌."

마지막으로 누군가의 이름을 입에 담은 것 같았지만, 아무도 듣지 못했다.

주위에 있는 건 마도병들의 시체 더미뿐이었기에.

그 《사신》 브래들리조차 처참한 꼴로 죽어 나자빠져 있었다.

원래 시민들의 쉼터였던 펠도라도 궁전 앞 광장에 현재 살아 서 있는 인간은 단 한 명뿐.

"정의, 집행 완료."

서늘하기 짝이 없는 미소. 소름 끼치는 압박감과 기척. 칠흑 같은 광기.

제국 궁정 마도사단 특무분실의 전 집행관 넘버 11 《정의》 저티스 로우판뿐이었다.

"……자, 그럼 마무리를 지어볼까."

저티스는 팔을 휘둘러 인공 정령들의 소환을 해제했다.

그리고 그가 처참하게 죽인 이들에게는 눈길도 주지 않고 등을 돌리더니 원탁 회의실이 있는 펠도라도 궁전을 향해 느긋하게 걸음을 옮기기 시작했다.

————.

저티스, 출현.

그 소식을 접한 회의실은 천지가 뒤집히기라도 한 것 같은 공황 상태에 빠졌다.

아무튼 그 흉적, 저티스 로우판이 바로 엎드리면 코 닿을 데까지 와 있다는 것이 아닌가.

그자가 이곳에 진입하는 건 이미 시간문제였다.

"빨리! 빨리 어떻게 좀 해봐!"

"이 몸이 대체 누구라고 생각하는 거냐! 내 명령을 거역하려는 게냐!"

"그보다 어서 탈출을! 시, 시급히 우리를 탈출구까지 안내해!"

"내, 내 이럴 줄 알고 처음부터 달아나야 한다고 몇 번이나……!"

"으아아아아아아아아아아아아아! 이젠 틀렸어! 이제 다 끝장이라고오오오오오오오오오오오!"

원탁회의 노인들이 시끄럽게 떠들어대는 소리가 잡음이 되어 계속 이브의 집중을 방해했다.

'큭, 정신 똑바로 차려! 이브 이그나이트! 브래들리와 자넷에 대한 건 일이 끝난 뒤에 생각하는 거야! 이러는 사이에도 시간을 벌려고 나간 마도병들이 학살당하고 있잖아!'

연이은 보고에 의하면 저티스의 침입을 막기 위해 결사의 각오로 출격한 각 마도병 부대들이 연달아 전멸당하는 중이라고 한다.

이브는 자신의 뺨을 때리며 마음을 다잡았다.

'생각해! 생각하는 거야! 내 지휘에 전 장병의 목숨이 걸

려 있다구!'

분명 그녀는 개인적인 사정 때문에 그 무엇보다 자신의 공적을 세우는 것을 우선시하며 부하들을 도구처럼 다뤄왔다. 죽기 일보 직전까지 혹사하게 만들었다.

그 탓에 글렌 같은 일부의 장병들 사이에서는 그야말로 사갈처럼 미움받았지만, 맹세코 부하들을 고의로 죽음에 내몬 적은 단 한 번도 없었다.

'냉정하게 생각하자. ……상대는 그 악마의 두뇌 저티스 로우판이야. 그런 인간이 설마 이런 타이밍에 모습을 드러낼 리 있겠어?'

처음부터 이상했다.

글렌의 보고대로 저티스가 현재 잠복 중인 장소는 로열 파크일 수밖에 없다. 글렌에게 추월당한 건 분했지만, 그 추측에는 이브도 전면적으로 동의했다.

그러므로 이런 타이밍에 궁전 앞 광장에 출현하는 건 몸이 두 개라도 되지 않는 한 물리적으로 불가능할 터.

애초에 그 《사신》과 《심판》을 간단히 제압해버렸다는 충격에 다들 생각이 미치지 못한 모양이지만, 저티스의 이번 행동은 그야말로 최악의 악수였다.

펠도라도 궁전 내부에는 아직 왕실 친위대나 제국 궁정 마도사단의 주력이 다수 배치되어 있어서 이 원탁 회의실까지 도달하려면 많은 방어선을 돌파해야만 한다.

아무리 그 저티스라도 단독으로는 불가능한 일이다. 그런데 그 뱀처럼 교활한 사내가 설마 그 정도도 예상하지 못했을까?

여기까지 생각한 이브는 때마침 그의 특기인 툴파 소환술을 떠올렸다.

'즉, 이건…… 미끼!'

솔직히 믿기 어렵지만, 저티스는 본인으로 위장한 툴파를 보내서 《사신》과 《심판》을 해치운 것이리라.

아마 그는 글렌이 곧 진짜 잠복 장소를 알아챌 것을 예상했을 뿐만 아니라, 이브가 글렌 쪽으로 지원을 돌릴 것까지 읽고 이런 수를 쓴 것이리라.

글렌에게 보내야 할 지원을 궁전 쪽으로 돌리기 위해.

저티스 본인만 무사하다면 궁전은 제도에 증식한 대량의 말기 증상자들에 의해 언젠가 반드시 함락될 테니까.

'누가 속을 줄 알아?! 대체 날 얼마나 얕보는 거야?'

이브는 즉시 결단을 내리고 자리에서 일어났다.

"내가 나갈게! 내가 궁전 앞에 나타난 저티스를 상대하겠이! 그러니 지금부터 나 대신 제국 마도병단 3부대 대장 그라드 하우젠 백기장이 지휘를 맡아! 그리고 통신 마도병! 지금 당장 회선을 특무분실 집행관 넘버 17 《별》 알베르트 프레이저에게 연결해!"

"아…… 예!"

"본부로부터의 명령! 제1급 긴급 특명! 《별》은 즉시 로열 파크로 급행해 《광대》와 《여제》의……."

『네놈, 지금 대체 무슨 짓을 하려는 거지? 이브.』

바로 그 순간, 머리가 깨질 듯한 통증과 함께 직접 머릿속으로 통신이 들어왔다.

등골이 서늘해지면서 그 어떤 강적과 대치해도 느껴본 적 없었던 공포가 이브의 심장을 움켜잡았다.

이유는 모르겠지만, 이 「목소리」를 들으면 늘 이랬다.

그녀의 친부이자, 특무분실의 전 실장이자, 현 여왕부 국군대신 겸 국군청 통합 참모 본부장인 아젤 르 이그나이트의 「목소리」를 들으면.

'……아, 아버지?!'

바로 심박수가 올라가고 숨이 찼다.

세상 전체가 천천히 도는 듯한 부유감이 전신을 지배했다.

사실 아젤 르 이그나이트— 이그나이트 경은 지금 이 자리에 없었다.

개인적인 용무로 이번 원탁회에 출석하지 않았기 때문이다.

하지만 모종의 수단으로 제도의 상태와 전황은 파악하고 있는 듯했다.

그래서 이렇게 이그나이트의 피를 이용한 비밀 통신 회선으로 이브를 방해할 수 있었던 것이리라.

『네놈, 지휘관이 지휘권을 포기하고 뭘 하겠다고? 거기다 지금 부하에게 무슨 명령을 내리려고 한 거지?』

'그, 그건……!'

이브는 머릿속으로 직접 들리는 부친의 통신에 필사적으로 변명했다.

궁전 앞에 출현한 저티스의 정체는 가짜일 가능성이 크다는 것. 진짜 잠복 장소는 로열 파크일 가능성이 크다는 것. 그 사실을 글렌이라는 집행관이 간파했다는 것.

그리고 그를 지원하기 위해 최강의 패인 알베르트를 보내려 했다는 것. 그것이 최선책임을 믿어 의심치 않는다는 것 등.

『닥쳐라!』

하지만 돌아온 것은 분노에 찬 질책이었다.

『글렌 레이더스라는 삼류 하사관 따위의 헛소리를 곧이곧대로 받아들여? 하물며 집행관을 둘이나 해치운 존재가 고작 툴파에 불과해? 네놈, 지금 제정신이냐?!』

'하, 하지만 아버지…… 실제로 상황이! 그리고 《정의》의[저티스] 저력은 저희의 상상을 아득히 뛰어넘……!'

『닥쳐! 냉정함을 잃고 헛된 망상에 사로잡혀서 얻을 수 있는 전공을 포기하겠다니, 이 이그나이트의 수치가! 부끄러운 줄 알아!』

놀라서 몸을 떤 이브는 새파래진 얼굴로 입을 다물 수밖에 없었다.

『뭐, 그래도 만에 하나의 사태가 있을 수도 있겠지…….
글렌 레이더스와 세라 실바스는 그대로 로열 파크로 보내도
록. 알베르트 프레이저는…… **궁전으로 돌려라.** 근처에 남은
전력을 전부 궁전으로 돌려서 저티스 로우판을 제압하는 거
다. 그리고 네놈은 어디까지나 지휘관으로서 제자리를 지키
도록. 알겠나?』

'……?!'

그 잔혹하고 방자한 지시에 이브는 아연실색할 수밖에 없
었다.

공포와 알 수 없는 뭔가로 인해 얼어붙은 마음이 비명을
내질렀다.

'아, 아버지! 어째서죠?! 여기선 《광대》와 《여제》에게 《별》
을 지원하는 게 맞잖아요! 그 지시대로라면……!'

틀림없이 살해당하리라.

글렌도, 세라도, 저티스의 손에.

하지만 그들의 죽음은 곧 이쪽의 추측이 옳았다는 증명이
될 터.

그렇게 되면 저티스는 더 이상 달아날 곳이 없다.

한낱 개인에 불과한 그를 제국군의 압도적인 전력으로 얼
마든지 요리할 수 있다.

요컨대, 이건 이브가 내심 기피해왔던 부하를 버림 패로
쓰는 전략이었다. 마지막에 모든 공적을 그녀가 독차지하기

위한.

'아버지 제발……! 궁전의 저티스는 제가 어떻게든 막아볼 테니…… 하다못해 알베르트만이라도 로열 파크로 보내게 해주세요!'

『안 된다. 어차피 놈들은 이그나이트인 우리가 쓰다 버릴 도구에 불과해.』

이브가 필사적으로 애원했지만, 아젤은 냉정하게 일축했다.

『네놈은 최대한 효율적으로 배신자인 《정의》를 잡아서 공적을 세울 생각만 하면 된다. 그것이 우리 이그나이트가를 위한 일이니까. 거역하면 어떻게 될지는…… **알고 있겠지?**』

'으, 아…… 하, 하지만…… 아버지…… 알베르트는…… 현재 위치상…… 궁전으로 귀환하려면 적진 한복판을 돌파해야…… 그럴 거면 차라리 글렌 쪽으로 지원을 보내는 편이……'

『이 멍청한 것! 네놈, 대체 정신을 어디다 빼놓고 있는 거냐! 로열 파크로 이동 중인 《광대》와 《여제》의 루트를 바꿔서 저 사악한 적들의 이목을 끄는 미끼로 삼으면 《별》이 궁전으로 직행하는 루트를 만들 수 있을 터! 설마 고작 이 정도 판단도 내리지 못한다고?』

'하, 하지만…… 하지만!'

『그래서, **날 거역하겠다는 거냐?**』

그 말을 들은 순간, 이브의 마음이 완전히 무너져 내렸다.

그렇다. 거스를 수 없었다.

어째선지 그녀는 아젤의 명령만은 절대로 거스를 수가 없었다.

―――――.

―어느새 정신을 차리고 보니 통신은 이미 끊어져 있었다.

"……."

이브는 새파랗게 질린 얼굴로 숨을 몰아쉬며 넋을 잃은 상태였다.

"이브 님?"

"이브 백기장님! 명령을 내리시다 왜 갑자기……!"

주위에 있던 하사관들이 대체 무슨 일인가 싶어 안색을 살폈지만, 한동안 고개를 숙인 채 가만히 있던 이브는 이윽고 천천히 고개를 들고 작은 목소리로 지시를 내렸다.

"《별》에게, 제1급 긴급 특명…… 알베르트는 궁전으로 귀환해서…… 《정의》의 요격에 가세할 것. 글렌은 루트를 변경…… 「B-3 전역을 우회」할 것. 이상……."

명령을 내린 이브는 힘없이 자리에 앉았다.

하사관들은 당황한 표정으로 서로 얼굴을 마주 보았지만,

곧 지시대로 분주히 각 방면에 명령을 보내기 시작했다.

"……."

이브는 의자에 등을 기대고 한 손으로 얼굴을 덮으며 천장으로 고개를 들었다.

—읽 고 있 었 어.

눈을 감으니 그 냉혹한 목소리와 웃음소리가 산울림처럼 머릿속을 두드렸다.

'어찌 됐든…… 이제 난…… 돌이킬 수 없어.'

주먹을 강하게 쥐어봤지만, 이미 늦었다.

명령해버린 것이다. 글렌과 세라에게. 「죽으라고」.

'아니, 아직이야. 아직……!'

분함과 자기혐오로 눈물이 나올 것 같았지만, 억지로 참으며 글렌을 떠올렸다.

'글렌, 당신은 아무리 절망적인 상황 속에서도 항상 살아 돌아왔잖아? 살릴 가망이 없었던 사람들을 지금까지 기적처럼 몇 명이나 구해냈었잖아? 그럼 이번에도 부디……! 살아남아줘! 세라를 지켜줘! 둘이서 함께 돌아와줘! 제발……!'

그렇게 간절히 기도했지만…….

————.

"제기랄……! 이브, 이 망할 자식이이이이이이이이이이이이!"

글렌은 최상급의 분노와 원망과 저주를 터트렸다.

계기는 이브의 명으로 전달받은 갑작스러운 루트 변경이 었다.

B-3 전역 우회. 로열 파크까지는 약간 멀리 돌아서 가는 루트다.

명령을 받을 당시 글렌은 최단 루트 한복판에 있는 B-3 전역에 혹시 적이 모여 있는 게 아닐까 짐작했다. 그래서 명령대로 B-5 전역 쪽으로 루트를 변경했다.

하지만 그곳은 이미 말기 증상자들이 우글거리는 지옥의 최전선이었다.

눈 깜짝할 사이에 적들에게 포위당한 글렌과 세라는 어떻게든 목숨을 부지하기 위해 뒷골목으로 진입해서 필사적으로 도주하는 중이었다.

"이게 대체 뭐냐고! 지금 장난해?!"

글렌은 뒤에서 추격해오는 적들에게 총을 난사하며 으르렁댔다.

"글렌 군! 지, 진정해!"

세라도 계속해서 후방에 바람 칼날을 날리며 글렌을 달랬지만, 그러는 그녀의 얼굴에도 초조함과 당혹스러움이 가득

했다.

"이, 이브도 분명 무슨 생각이 있어서……!"

"그래, 생각이 있으셨겠지! 혼자 전공을 날로 먹겠다는 생각이! ……우리를 미끼로 써서!"

"……!"

"제도의 대략적인 전황! 각 부대의 배치 상태! 아직도 합류할 낌새가 없는 알베르트! ……대충 이 정도 상황 증거면 풋내기 신병이라도 충분히 짐작할 수 있는 사실이지!"

"하, 하지만…… 아까 저티스 군이 궁전 앞 광장에 나타났다고 그랬는데……."

"가짜인 게 뻔하잖아! 그 자식이 여기까지 와서 그딴 짓을 할 리 있겠냐고! 이브가 그걸 모를 리 있겠어?! 그런데도 그녀석은…… 만에 하나 어느 쪽이 진짜라도 마지막에 전공을 독차지할 심산인 거겠지! 나야 그렇다 쳐도 이쪽엔 너도 있는데……! 이브 자식, 이번에야말로 진심으로 실망했어!"

"아니야. 이브가 우리를 버렸을 리……."

"그럼 왜 아직도 알베르트가 안 오는 건데?! 아무리 생각해도 이상하잖아!"

글렌의 험악한 기세에 세라는 입을 다물 수밖에 없었다.

겉으로는 서로를 못 잡아먹어 안달이지만, 내심 신뢰하고 있었던 지휘관에게 이 절망적인 상황에서 호된 배신을 당한 글렌의 분노는 정점에 달해 있었다.

또한 냉정함도 잃고 있었다.

그래서 **그들**이 접근한 것을 눈치채지 못했다.

챙그랑!

별안간 골목 양쪽 건물의 창살 달린 창문이 깨지며 말기 증상자들이 사방에서 날아들었다.

"……?!"

"글렌 군!"

갑자기 포위당한 글렌과 세라는 물 흐르는 듯한 움직임으로 등을 맞대며 서로의 사각을 보완하는 배치로 전투를 시작했다.

"으, 우오오오오오오!"

신체능력 강화 술식에 전 마력을 퍼부은 글렌은 그림자조차 닿을 수 없는 속도로 말기 증상자들을 후려치고, 걷어차고, 팔을 잡아 집어던졌다.

직접 닿기만 해도 살이 찢어지고 뼈가 부러지는 괴물들의 공세를 간신히 막아냈다.

"~~~~!"

한편, 세라는 오카리나를 불었다.

그러자 주위에 소환된 실프들이 파공성을 울리는 동시에 회전하며 말기 증상자들을 난도질하고, 날려버리고, 튕겨냈다.

""""크아아아아아아아아아아아아아아아아아!""""

하지만 곧 두 사람을 추격 중이던 말기 증상자들이 도착했고.

""""샤아아아아아아아아아아아아아아아아앗!""""

전방에서도 새로운 말기 증상자 집단이 출몰했다.
그렇게 글렌과 세라는 단숨에 수세에 몰렸다.
치명상을 피하는 게 고작이라 도망칠 틈도 없었다.
적들은 그 무지막지한 순발력과 완력으로 발톱과 이, 곤봉과 단창, 소화용 막대 등을 휘두르며 사방에서 달려들었다.
"컥?! 젠장!"
"꺄악! 으으······!"
이윽고 두 사람의 몸에 상처가 하나둘씩 늘어난 순간.
글렌의 심장이 비명이 질렀다.
'어, 이라······? 이거, 큰일 난 거 아냐?'
지금까지도 몇 번이나 사선을 넘어왔다.
생명의 위기를 느낀 적도 한두 번이 아니었다.
하지만 지금 자신들이 처한 상황은 그에 비할 바가 아니었다.
지금까지의 경험을 아득히 초월한 수준이었다.
'위험해. 위험해. 위험해!'

글렌은 덤벼드는 말기 증상자들을 필사적으로 해치우며 세라에게 달려가려고 했지만, 무리였다.

제 한 목숨 부지하는 게 고작이라 조금도 다가설 수가 없었다.

바로 근처에 있는데도 그 거리가 영원처럼 멀게 느껴졌다.

"……크윽?!"

시야 한편에선 세라가 계속 상처 입고 있었다.

온갖 바람을 종횡무진 날려서 적들을 밀어내고 있지만, 완벽하지는 않았다. 거친 바람에 그녀의 피가 섞여서 튀었다.

'이대로는…… 못 지켜! 지킬 수 없어!'

가슴속이 초조함으로 새카맣게 타들어갔다.

세라가 죽는다. 죽어버리고 만다.

바로 눈앞에서. 아무것도 하지 못하고.

모든 이를 지키는 『정의의 마법사』가 되겠다는 꿈.

하지만 그 꿈을 포기하고 타협을 거듭한 끝에 마지막으로 남은 세라마저 지키지 못한다면, 잃는다면.

'난 대체…… 뭘 위해 필사적으로 발버둥 친 거지? 뭐 하러 마도사가 되려고 한 거지?'

그리고 절체절명의 상황에서 그런 잡념은.

아슬아슬하게 유지됐던 균형을 무너트리기에 충분했다.

적의 공격을 피할 때 발을 잘못 내디딘 글렌의 자세가 무너지고 말았다.

적들은 그런 빈틈을 놓치지 않았다.

"""카아아아아아아아아아아아아아아아아악!"""

움직일 수 없는 글렌을 노리고 사방에서 적들이 달려들었고, 그가 죽음을 각오한 바로 그 순간.

"……걱정 마, 글렌 군."

어디선가 그런 상냥한 목소리가 들린 것 같았다.

『《그대, 시간을 넘는 광기와 폭위. 바람으로 영겁을 가르는 자》.』

『《그대를 섬긴 옛 신관의 계보…… 실바스의 바람의 전무녀가 여기에 바라노라》.』

『《Iya, Ithaqua》.』

그것은 스펠링이 아니라 오카리나가 자아낸 선율이었다.

시간상으로는 찰나임에도 그 선율은 시간의 흐름 자체를 뒤튼 것처럼 늦지 않게 완성되었다.

그것은 글렌도 모르는 세라의 오리지널이었을까, 비전 마술이었을까, 아니면 권속비주였을까.

다만, 한 가지 알 수 있었던 것은 글렌의 눈에 보이지도 않고 이해할 수도 없는 외계의 『거대한 존재』가 이쪽 세계로 팔 같은 것을 밀어 넣어 무시무시한 폭풍을 일으키며 적들을 순식간에 모조리 쥐어 터트린 후 사방으로 날려버렸다는 사실뿐이었다.

　이때 세라가 쓴 비술의 정체가 무엇이었는지는 결국 알 길이 없었지만, 지금은 그런 것 따위 아무래도 상관없었다.

　"세라아아아아아아아아아아아아!"

　힘없이 쓰러져버린 세라에게 달려간 글렌이 그녀를 안아 일으켰다.

　자세히 보니 온몸이 만신창이였다. 적들에게 입은 심각한 부상들 때문에 전신이 피투성이였다.

　그야 당연했다.

　원래 그녀는 글렌 같은 근접전에 특화된 마도사가 아니었으니까.

　하지만 출혈보다 더 큰 문제인 것은 방금 그녀가 쓴 비술에 의한 마력 소모였다.

　극도로 심각한 수준의 마나 결핍증. 한시라도 빨리 집중 영적 치료를 받지 않으면 이대로 사망에 이를 수도 있었다.

　하지만 만약 세라를 구하기 위해 여기서 물러난다면.

아마 이 전쟁은 패배, 저티스의 완전 승리로 막을 내리게 되리라.

'어, 어쩌면 좋지?!'

"가, 글렌 군……."

그런 글렌의 망설임을 읽은 듯, 세라가 간신히 목소리를 쥐어짜 냈다.

"……?!"

"우리가 이러는 사이에도…… 제도의 모두가 상처 입고 있잖아? 그러니 한시라도 빨리…… 저티스 군을…… 막아줘……. 내가 정말 좋아하는, 멋진 글렌 군이라면, 분명…… 그렇게 해줄…… 거지?"

그리고 입가에서 피를 흘리며 살포시 미소 지었다.

"으, 으, 으아아아아아아아아아아아아아아아아아아아아!"

글렌은 그 자리에 세라를 조심히 내려두고 전력을 다해 질주했다.

"기다려! 세라! 당장 저티스 자식을 때려눕히고 널 구하러 와줄 테니까! 다른 사람들은 어찌 되든 상관없어! 너만은, 너만은 무슨 일이 있어도 지켜줄게! 그러니! 그러니까……!"

글렌은 달렸다.

그저 앞만 보고, 전력을 다해 홀로 제도를 가로질렀다.

—————.

글렌이 그곳에 도착했을 때, 그 사내는 벤치에 앉아 책을 읽고 있었다.

느긋하게 등을 기댄 채 다리까지 꼬고. 책을 왼손으로 펼쳐 들고 엄지만으로 능숙하게 페이지를 넘기며 한가로이 책을 읽었다.

책 제목은—『멜갈리우스의 마법사』.

때는 마침 해 질 녘.

저무는 저녁 해의 타오르는 붉은색과 검은 음영이 자아내는 아름다운 자연공원의 풍경 속에서 그 사내의 주위만 시간이 멈춘 듯한 고요한 모습이 한 폭의 명화 같았다.

"저기 말이야. 이야기라는 건…… 왜 「결말」이 정해져 있는 걸까?"

불현듯 남자가 입을 열었다.

즐거움의 이면에 짙은 고뇌가 배어 있는 듯한 말투였다.

"하하하…… 갑자기 웬 엉뚱한 소리를 하나 싶지? 그 생각은 당연해. 그야 이야기라는 건 「작가」에 의해 구성되고, 집필되고, 그리고…… 「결말」이 정해지는 법이니까. 한번 그렇게 정해지고 책의 형태가 된 이상 더는 그 누구도 그 이야

기의 결말을 바꿀 수 없어. 그래, 설령…… 「작가」 본인이라
할지라도."

"……."

"하지만 만약…… 그 정해진 이야기의 「결말」을 바꿀 수
있다면…… 그보다 더 가슴 뛰는 일은 없을 것 같지 않아?
그리고 그게…… 확고한 정의로 이루어지는 일이라면 더더
욱 말이야."

온화한 목소리로 이야기하는 남자— 제국 궁정 마도사단
특무분실의 전 집행관 넘버 11《정의》저티스 로우판에게.

"잠꼬대는 집어치워, 저티스. 일어서. ……어서 결판을 내자."

제국 궁정 마도사단 특무분실 집행관 넘버 0《광대》글렌
레이더스는 총구를 겨누며 사나운 목소리로 위협했다.

피아의 거리는 약 10미터라. 이미 둘은 수많은 마술전투
의 방식 중에서도 가장 가혹하고 치열하다는 근거리 마술전
투 영역 안에 들어와 있었다.

"넌 참, 성질이 급해."

엄지로 느긋하게 페이지를 넘기는 저티스에게 글렌은 속
사포처럼 말을 퍼부었다.

"네가 왜 이런 소동을 일으켰는지는 모르겠어. 관심도 없
고 들을 생각도 전혀, 눈곱만큼도 없고. 『봉인지』에서 무슨
일이 있었는지도 내 알 바 아니야. 그냥 죽어! 넌 알자노 제
국에 반기를 들고 적대한 사상 최악의 국가 반역자로서 비

참하고 무의미하게 죽어버리라면 돼!"

"하하하, 역시 너답네. 글렌. 너만은…… 「읽지 못했어」."

하지만 그런 증오와 분노에 찬 매도를 저티스는 산들바람처럼 가볍게 흘려 넘겼다.

"……뭐?"

"자랑은 아니지만…… 난 이번 사태의 흐름을 전부 「읽고」있었어. 완벽하게 「예측」하고 있었지. 이 시기, 이 타이밍에 『원탁회』가 임시로 개최되는 것도. 리엘과 크리스토프가 자리를 비운 것도. 아젤 르 이그나이트 경만 출석하지 않는 것도. 이브가 총지휘를 맡게 되는 것도. 특무분실 멤버들이 분산되는 것도. 도중에 네가 내 진짜 의도를 간파하는 것도. 중요한 순간에 이브가 치명적인 판단 미스를 저지르는 것도. 세라가 부상을 입고 전선에서 이탈하는 것도…… 전부, 전부 예측하고 있었어."

평범한 상대였다면 헛소리나 허세라고 웃어넘겼겠지만, 글렌은 조금도 웃을 수 없었다.

실제로 저티스에게는 미래 예지 혹은 예언이나 다름없는 정확한 행동 예측 능력이 있었기 때문이다.

"그런데도…… 네 마지막 행동만큼은 「읽지 못했어」."

"……?!"

"내 계산대로였다면 넌…… 세라가 큰 부상을 입은 시점에서 그녀를 구하기 위해 전선에서 이탈했어야 했어. 그런데도 지금, 넌, 이렇게 내 눈앞에 서 있잖아? 넌 또다시 내 계산을 뛰어넘은 거야. 솔직히 좀 화가 나……. 분하기도 해. 그토록 공들여 계산하고 검산을 거듭해서 완벽한 준비를 갖췄는데, 너 따위 삼류 마술사가 그런 내 계획을 그때의 변덕만으로 무너뜨리다니 말이야. 하지만……."

저티스는 말하는 내용과는 반대로 입가를 일그러트리며 미소 지었다.

"동시에 **너라면 분명 모든 계산과 예측을 뛰어넘고 내 앞에 나타날 거라고**…… 머리가 아닌 가슴으로 예상하고, 납득하고, 기대하고 있던 내가 있었어. 몇 번을 다시 계산해봐도 0퍼센트였는데도. 하지만 실제로 그 0퍼센트의 광경을 목도한 지금의 난 진심으로 감동하고 있어."

책을 덮어서 옆에 둔 저티스가 느긋하게 몸을 일으켰다.

평소의 특무분실 정복 차림이 아니었다. 중산모와 프록코트와 스틱. 마치 어딘가의 길거리 마도사 같은 복장이었다.

저티스는 천천히 글렌을 돌아보았다.

"글렌. 넌 너 자신을 과소평가하는 것 같지만…… 넌 정말 대단한 남자야. 이런 식으로 늘 간단히 이야기의 「결말」을 바꿔냈으니까 말이지. 이래 보여도 난 널 진심으로 존경해. 그래서 더더욱 이 싸움이 이번 사태의 분수령을 장식하기에 어울린다고 생각해."

그리고 갑자기 검지를 척 세웠다.

클라이맥스

"공평을 기하기 위해 먼저 밝혀둘게, 글렌. 제한 시간은 앞으로 딱 **10분**. 10분 후면 내가 미리 준비해둔 최후의 함정…… 『원탁회』 멤버 안에 섞어둔『엔젤 더스트』를 투여받은 자들이 말기 증상자로 돌변해 지금까지의 전투로 완전히 수비가 허술해진 회의실 안을 전부 피범벅으로 만들 거야. 고참이든 여왕이든 예외 없이. 뭐, 늘 경호가 두터운 여왕과『원탁회』놈들을 한꺼번에 암살하려면 계산상 이런 번거로운 방법을 쓸 수밖에 없었거든. 그리고 이걸 막으려면…… 네가 날 죽이는 수밖에 없어."

"……."

"자, 여기서 결판을 내자. 글렌. 가령 네가 신의 각본조차 뛰어넘는 배우라 할지라도 난 널 쓰러트리고 내『정의』를 관철해 보이겠어. 내『정의』가 네『정의』보다 위라는 사실을 증명해 내고야 말겠어."

글렌을 똑바로 응시하는 저티스의 눈은 한없이 어두웠지만, 동시에 확고한 신념과 의지의 빛이 넘실거렸다.

하지만 당사자로선 그저 역겹게만 느껴지는 시선이기도 했다.

"난 바보라서, 네가 지금 무슨 소릴 하는지 하나도 모르겠어…… 네가 뭘 위해 이런 정신 나간 짓을 저지른 건지…… 조금도 모르겠다고! 그런데 말이지…… 그 와중에 딱 하나는 귀에 쏙 들어오더구만? 웬일로 의견이 일치했네? 그래, 어디 결판을 내보자고! 이 빌어먹을 자식아! 넌 내가 반드시 죽인다!"

글렌은 저티스에게 총구를 겨눈 채 질풍처럼 내달렸다.

"그래, 이래야 너답지!"

저티스도 즉시 양팔을 펼치더니 흰 장갑을 낀 손으로 의
사 영소 입자 분말을 뿌렸다.
<small>파라 에테리온 파우더</small>

그러자 곧 사방에 인공 천사【그녀의 사도】시리즈가 소환
되었다.
<small>허스 엔젤</small>

"하하하하하하하하하하하하하하하하!"

"우오오오오오오오오오오오오오오오오오오오!"

전장에 저티스의 웃음과 천사들의 날갯짓 소리.

그리고 글렌의 포효와 총성이 드높이 울려 퍼졌다.

―――――.

글렌 대 저티스.

기록에 의하면 그 싸움은 시간상으로는 몇 분도 채 되지
않았다고 한다.

그러나 한편으로는 끔찍할 정도로 밀도가 높은 고차원의
전투였으며, 한순간의 실수가 바로 죽음으로 연결되는 처절
한 사투이기도 했다.

"저티스으으으으으으으으으!"

　마구잡이로 난사한 총탄들을 저티스가 부리는 천사들이 가볍게 튕겨내고 양쪽에서 검과 창을 세워 든 2기의 천사가 글렌을 노리며 초고속으로 날아들었지만, 글렌이 뒤로 도약하는 동시에 바닥에 강하게 던진 폭정석이 터지며 그 천사들을 날려버렸다.

　그리고 그 폭발 에너지를 이용해서 멀리 날아간 글렌이 마술로 전격을 날렸으나 저티스는 당황하기는커녕 일직선으로 돌진하면서 고개를 가볍게 젖혀 피하더니 그대로 스틱에 숨겨진 칼날을 뽑아 휘둘렀다.

　정확히 목을 노리고 날아든 칼날을 간신히 총신으로 막아낸 글렌은 그대로 양손에 힘을 줘서 칼날을 밑으로 내리는 동시에 발포— 마술장약·회색 화약에 의해 지근거리에서 발사된 무지막지한 위력의 탄환이 가슴 정중앙을 노리고 날아왔지만, 저티스는 단숨에 고밀도의 마력을 두른 왼손으로 아슬아슬하게 움켜잡았다.

　그리고 그 왼손으로 그대로 펀치를 날렸고, 글렌도 바로 총을 내던지며 똑같이 마력을 두른 오른손으로 카운터를 노렸다.

　퍼억!

　결과는 양패구상.

서로의 얼굴이 거칠게 회전하며 몸도 동시에 밀려났지만, 먼저 균형을 되찾은 글렌이 발을 앞으로 내디딘 것을 본 저티스는 왼손으로 대량의 검형 툴파를 소환해 날렸다.

마치 유성군처럼 날아드는 검의 폭풍.

글렌은 반사적으로 스크롤을 펼쳤고, 발생한 마력장벽에 부딪힌 검들에서 성대한 불똥이 튀었다.

다음 순간, 뒤에서 창을 든 천사가 초고속으로 날아왔지만 발끝으로 바닥에 떨어진 총을 차올린 글렌은 그대로 몸을 돌리면서 눈앞에서 빙글빙글 회전하며 떨어지는 총을 낚아채는 동시에 방아쇠를 당겨 천사의 머리를 성대하게 날려버렸다.

그러자 때마침 스크롤의 마력장벽을 완전히 관통한 검들이 이번에도 등을 노리고 쇄도했지만, 빠르게 몸을 옆으로 굴려서 간신히 피해냈다.

"……「읽고 있었어」."

하지만 이미 그곳에서 대기하고 있었던 저티스가 머리 위로 세워든 도를 벼락처럼 내리쳤다.

그 찰나의 순간, 완전히 피하는 건 불가능하다는 판단을 내린 글렌은 오히려 몸을 앞으로 내던지며 저티스의 안면에 주먹을 때려 박았다.

그렇게 참격의 포인트를 어긋나게 해서 피해를 최소한으로 줄인 것이다.

"커헉! 제, 제법인데……!"
"으, 이, 이이이익! 으아아아아아아!"

피를 토한 글렌이 갈라진 상처에서 피가 흐르는 것도 개의치 않고 왼팔을 휘두르자 마력이 부여된 대량의 강사가 저티스를 산산이 조각내기 위해 공기를 가르며 날아들었다.

하지만 갑자기 저티스의 뒤에서 나타난 거대한 툴파가 왼손에 든 대검을 휘둘러 실들을 모조리 끊어버렸을 뿐만 아니라 글렌의 정수리를 노리고 팔을 내리쳤다.

그러나 글렌은 그 자리에서 높이 뛰어 툴파의 왼팔에 착지하더니 그대로 거인의 머리를 향해 빠르게 질주했다.

"《세트》! 【페네트……!"

달리면서 빈 탄창을 떨어트리고 새 탄창으로 교환하는 동시에 도약.

"……레이터】어어어어어어어어어어어어어!"

그리고 미간에 닿은 총구에서 발사된 필멸의 마탄이 툴파의 거체를 완전히 파괴했다.

하늘에 닿을 듯한 충격음이 터지고 에테리오로 환원되어 빛나는 파괴의 잔해가 휘몰아치는 가운데.

"역시 넌 대단해, 글렌……!"

"……저티스ㅇㅇㅇㅇㅇㅇㅇㅇㅇㅇㅇㅇ!"

두 마술사는 하늘과 땅에서 서로를 노려보며 다음 수를 모색했다.

————.

"이젠 틀렸어…… 다 끝났다고!"

같은 시각, 다른 장소의 마도병들은 전원 숨 막힐 듯한 절망에 잠겨 있었다.

펠도라도 궁전 앞.

양팔을 펼친 저티스가 산책이라도 하는 듯한 유유자적한 걸음걸이로 궁전을 향해 다가오고 있었기 때문이다.

그런 그의 침입을 막기 위해 마도병들은 대열을 갖추고 있었고, 주위에는 이미 처참하게 살해당한 아군의 시체가 즐비해서 발 디딜 틈조차 없을 정도였다.

아름다운 정원에는 이미 핏빛 융단이 끝없이 펼쳐져 있었다.

"……제, 제국 군인으로서 물러설 수는 없어!"

"우리가, 여왕 폐하를 지키는 최후의 방패니까!"

이미 명운이 다한 자신들은 이제 곧 죽음을 맞이할 터.

그 사실을 이해하면서도 마지막까지 군인으로서의 책임을 다하기 위해, 마도병들은 왼손을 들고 주문을 영창하기 시작했다.

하지만 그 모습을 본 저티스는 슬쩍 웃더니 양손을 휘둘러 주위에 대량의 인공 천사들을 소환했다.

"""……?!"""

그 순간, 병사들 사이에 더 큰 공포와 절망이 퍼져 나갔다.

지금까지 수많은 아군이 저것들에 의해 손 쓸 틈도 없이 죽어간 것을 목격했기 때문이다.

자신들도 같은 운명을 맞이할 것을 예감한 병사들이 죽음을 각오한 바로 그때.

쾌릉!

일직선으로 어딘가에서 날아온 강렬한 전격이 저티스의 머리를 일격에 날렸고, 머리를 잃은 몸이 그대로 힘없이 무너져 내렸다.

"……어?!"

"방금 그건…… 마술 저격?!"

"대, 대체 어디서?!"

"이 근처에 저격이 가능한 곳이 있었어?!"

너무나도 갑작스럽게 자신들의 목숨을 구한 인물을 찾기 위해 마도병들은 저마다 당황한 표정으로 주위를 두리번거리기 시작했다.

그런 전투 현장과 약 1천 미트라 정도 떨어진 곳에 있는 선샤인 개선문 위에 맹금류처럼 날카로운 눈빛을 한 남자가 왼손 검지를 내밀고 서 있었다.

마도사 예복의 옷자락과 긴 머리카락이 거친 바람에 나부끼는 이 남자의 정체는, 제국 궁정 마도사단 특무분실의 집행관 넘버 17《별》알베르트 프레이저.

"……역시 이쪽은 가짜였나."

궁전 앞에 쓰러진 저티스의 시체가 툴파 특유의 현상인 빛의 입자를 흩뿌리며 소멸되는 모습을 원견 마술로 확인한 알베르트가 혼잣말을 흘렸다.

"어째서지? 이브, 너라면…… 궁전 앞에 나타난 저티스가 가짜라는 것을 충분히 눈치챘을 터. 그런데 너 정도쯤 되는 여자가 왜 이런 시답잖은 실수를 저지른 거지?"

그리고 그대로 등을 돌린 후.

"……지금 그런 걸 따지고 있을 때가 아닌가. 기다려라. 글렌, 세라."

《슈투름》을 써서 건물과 지붕을 타고 제도의 하늘을 단숨에 질주했다.

하지만 제아무리 그라도 로열 파크까지는 너무나도 멀었고, 이제 와서는 너무 늦었다.

이미 그곳에선 이 사태의 향방을 가릴 싸움이 막을 내렸기에.

―――.

잊기 쉬운 사실이지만.

글렌은 마술사·마도사로서는 틀림없는 삼류다.

약식 영창을 쓸 수 없고, 캐퍼시티도 평균 이하. 제대로 운용할 수 있는 군용 어설트 스펠도 기본 삼속성뿐. 마술 특성^{퍼스널리티}조차 현대의 일반적인 근대마술과는 상성이 최악이었다.

그런 그가 특무분실의 집행관으로서 대체 무슨 수로 자신보다 격이 위인 외도 마술사들을 상대로 꾸준히 전과를 올릴 수 있었을까? 살아남을 수 있었을까?

그 이유는 그의 오리지널 【광대의 세계】가 궁극의 초견살(初見殺)인 데다 철저하게 기습과 암살에 특화된 전투 스타일 덕분이었다.

애당초 정면 승부를 하는 타입이 아닌 것이다.

반대로 저티스는 마술사·마도사로서는 틀림없는 초일류였다.

심지어 그의 특기인 툴파 소환술은 마술 성질상 【광대의 세계】의 적용 대상 외.

그런 글렌과 저티스가 정면에서 1 대 1로 맞붙으면 어떤 결과가 나올 것인가.

그 답은 이미 정해진 것이나 다름없었다.

"……커헉!"

서로의 영혼이 마모되는 듯한 사투 끝에, 피투성이가 된 글렌이 바닥에 쓰러졌다.

"크크, 크크크, 아쉽게 됐는걸? 글렌……."

저티스는 10미트라쯤 떨어진 곳에서 느긋하게 서 있었다.

그 역시 멀쩡한 건 아니었지만, 이미 싸울 수 없는 상태인 글렌에 비하면 한참 양호하다고 볼 수 있으리라.

"……빌, 어……먹을……!"

글렌은 고개를 들고 바닥에 떨어진 권총을 향해 떨리는 손을 내밀었다.

하지만 그 거리가 너무나도 멀게 느껴졌다.

"……끝이야, 글렌."

저티스가 손을 들자 마지막 인공 천사가 머리 위에 현현했다.

"그리고 이제 시간이 됐어. 난 이 세상에 위대한 정의를

집행할 거야. 남몰래 사악한 악의에 집어삼켜지고 있었던
이 세상을 내가 구원하는 거야. 그것이야말로 확고하고, 올
바르며, 절대적인 정의니까."

"크……으으으으으윽……!"

"잘 가, 글렌. 어쩌면 나와 동등한 정의였을지도 몰랐던
내 호적수. 영원히 널 잊지 않을게. ……그럼, 이만."

저티스가 손을 내리는 것을 신호로 움직일 수 없는 글렌을
향해 인공 천사가 검을 세워 들고 초고속으로 날아든 순간.

두근…….
영혼까지 울리는 듯한 심장 소리가 들렸다.

'미안, 세라……. 난…….'

죽음을 목전에 둔 순간, 세상이 빛을 잃고 시간의 흐름이
몹시 느려졌다.

그런 잿빛 세상 속에서 글렌이 마지막으로 떠올린 것은
사랑스러운 그녀의 얼굴이었다.

웃는 얼굴, 화난 얼굴, 슬픈 얼굴…….

세라의 다양한 표정이 주마등처럼 머릿속을 스쳐 지나가
고 있었다.

하고 싶은 말이 많았다. 전하고 싶은 말이 많았다.

하지만 이제는 모든 것이 무의미했다.

결국, 자신은 아무것도 할 수 없었다.

'난…… 이제 곧 죽겠지만…… 세라, 넌 살았으면 해…….'

'그래…… 너만은, 꼭…….'

'너만은…… 언젠가…… 꿈을…….'

멍하니 그런 생각을 하며 자신을 향해 내리치는 천사의 검 끝을 응시한 순간.

불현듯, 바람이 뺨에 닿았다.

아이를 쓰다듬는 어머니 같은 상냥한 바람이.

'……어?'

정신을 차리고 보니 어느새 눈앞에 세라가 있었다.

빈사 상태라 움직일 수도 없었던 그녀가 글렌을 지키기 위해 천사의 검 앞에 몸을 내던진 것이다.

그 예상치 못한 전개에 글렌과 저티스가 동시에 눈을 크게 뜬 순간.

촤악!

세라의 몸에서 혈화(血華)가 피어올랐다.

일반인도 한눈에 직감할 수 있는 치명상.

아름답고 가련한 한 떨기 하얀 꽃이 잔인하게 꺾인 순간이었다.

"……세, 라?"

"글렌…… 군! 지금……!"

하지만 슬로 모션처럼 쓰러지고 있는 세라는 조금도 개의치 않고 간절한 눈빛으로 자신을 향해 입술을 움직이고 있었다.

그 순간, 글렌의 몸에 벼락 같은 충격이 내달리며 멈춰 있던 시간이 움직이기 시작했다.

"으, 우오오오오오오오오오오오오오오오오오오오오!"

충동적으로 팔을 힘껏 내밀어서 총을 움켜잡았다.

"이런……!"

당연히 그 사실을 눈치챈 저티스가 새로운 인공 천사를 소환하기 위해 양팔을 들어 올리려 했지만, 그 바람은 이루어지지 못했다.

어느새 세라가 날린 바람의 칼날에 이미 절단된 상태였기 때문이다.

"……?!"

"저, 티, 스으으으으으으으으으으으으으으으으으으!"

글렌이 두 손으로 총구를 겨누자, 기적적으로 탄창에 남아 있던 최후의 탄환이 불을 뿜었다.

탕!

그리고 그 탄환은 정확하게 저티스의 미간을 관통했다.

"그렇군⋯⋯. 이건⋯⋯ 「읽지 못했어」."

마지막으로 그런 말을 남기고 분한 듯이 웃은 저티스의 몸이 그대로 뒤로 넘어갔다.
단 혼자서 제국을 뒤흔들고, 원탁회를 공포에 떨게 하고, 제도 전체를 진감시킨 악몽 같은 사내의 허무한 최후였다.

————.

"세라아아아아아아아아아아아!"
글렌은 새빨갛게 물든 세라를 안아 일으켰다.
이미 소름이 끼칠 정도로 차갑게 식은 그녀의 몸을.
"정신, 정신 차려! 세라!"
바로 힐러 스펠을 쓰려고 했지만, 방금 전투로 마력이 이미 바닥난 상태였다. 그리고 애초에 그가 쓸 수 있는 힐러 스펠로 이런 치명상을 고치는 건 불가능했다.

그렇게 속이 새카맣게 타들어 가는 글렌 앞에서 세라가 어렴풋이 눈을 떴다.

"콜록……! 콜록! 아파…… 글렌 군…… 나……."

—이제 틀렸나 봐.

떨리는 입술이 그 말을 소리 없이 흘렸다.

"제기랄……! 저티스…… 잘도……!"

온몸이 분노로 떨렸다.

세라를 이 꼴로 만든 증오스러운 원수에 대한 분노와, 그 이상으로 그녀를 지키지 못한 자신에 대한 분노로.

그저 하염없이 떨면서 눈물을 흘릴 수밖에 없었다.

사실 뼈저리게 알고 있었기 때문이다.

이것으로 세라와 더는 영원히 만날 수 없게 되리라.

너무나도 갑작스럽고, 허무한 이별이었다.

"제길…… 세라…… 미안…… 내, 내가……."

"으응, 아니…… 당신이 무사해서…… 다행이야……."

이미 숨소리가 미약했다. 말을 하는 것조차 한계인 것이리라.

목소리가 속삭이는 것처럼 계속 작아졌다.

초원에 부는 바람 같았던 그녀의 청량한 목소리가, 이제는 너무 멀어서 거의 들리지도 않았다.

"아아…… 그래도…… 돌아가고 싶었는데…… 꿈이었어…… 끝없이 펼쳐진…… 알디아의 초원과…… 그, 상냥한 바람의 향기……."

"세, 세라······."

글렌은 세라를 끌어안았다.

어떻게든 이 세상에 붙들어 놓으려고 강하게.

하지만.

그녀의 육신에서 하염없이 흘러내리는 생명을 멈출 수는 없었고, 그녀를 어딘가로 끌고 가려는 사신의 무자비한 손길도 막을 수 없었다.

이제 자신은 아무것도 할 수 없었다.

그리고 마지막으로.

"있잖아······ 글렌······ 군······."

글렌은 떨리는 손으로 글렌의 뺨을 만졌다.

그리고 상냥하게, 따스하게 미소 지으며 귀가에 입술을 가져다대고.

"······, ······를, ······마······."

들리지 않는 목소리로 뭔가 속삭인 순간.

그녀의 손이 힘없이 아래로 흘러내렸다.

"······세라?"

대답은 없었다.

이제 두 번 다시 그녀가 글렌에게 말을 걸어주거나, 울거나, 화내거나, 웃어주는 일은 없으리라. 영원히.

"......."

글렌은 잠이 든 것 같은 세라의 얼굴에서 눈을 뗄 수 없었다.

─난 글렌 군의 꿈을 좋아해.

─괜찮아. 내가 곁에 있으니까.

그녀의 말이 떠올랐다.

─앞으로 글렌 군이 어떤 길을 걷든…… 어떤 선택을 하든…… 괴로울 때나…… 힘들 때는…… 이렇게 머리를 쓰다듬어줄게.

그녀의 말이 떠올랐다.

─난 이 나라가 좋아. 왜냐하면 이 나라 덕분에…… 이 나라에 온 덕분에…… 글렌 군과 만났는걸.

말이 떠올랐다.

―글렌 군이 있으니까, 난…… 아무것도 두렵지 않은걸.

말이, 하염없이 떠올랐다.
사랑스러운 그녀의 말이. 사랑스러운 그녀의 미소가 머릿
속에서 계속 되살아났다.

"……."

그리고.
"아, 아, 아아아아아아……!"
결국 글렌은 무너졌다.
어릴 때부터 꿈꿔왔던 『정의의 마법사』.
그 꿈을 잃고 타협을 거듭해왔지만 그래도 이것만은 반드
시 지키겠다고 맹세한 최후의 일선을 넘어버린 지금 이 순
간, 글렌의 모든 것이 완전히 무너져 내리고 만 것이다.

"으아아아아아아아아아아아아아아아아아아아아아아아
아아아아아아아아아아아아아아아아아아아아아아아아아아악!"

울부짖었다. 그녀를 끌어안은 채 하늘을 향해 절규했다.
그것 외에는 이 감정을 표현할 방법을 알지 못했기에.

"난 대체, 뭘 위해 싸워온 거냐고오오오오오오오오오
오오오오오오오오오오오오오오오오오오오오오오오오!"

그 통곡에 대답하듯 완전히 해가 저물어 어두워진 하늘
에서 굵고 차가운 빗방울이 내리기 시작했다.

———————.
———.

이렇게 어린 시절의 꿈이 끝을 맞이하는 것과 동시에 글
렌의 제국 궁정 마도사단 시대는 막을 내렸다.

사태가 종결된 후 그는 모든 것을 버리고 꼴사납게 달아
났다.

세라의 장례식에조차 참석하지 않고 현실에서 눈을 돌리
듯 세리카가 기다리는 페지테로 도망쳤다.

그리고 매일 어두운 방에 틀어박혀서 외부와 모든 것을
단절한 채 그저 숨만 쉬는 살덩이로 전락했다.

모든 게 아무래도 상관없었다.

단지 죽고 싶을 정도로 괴로워도 극단적인 선택만은 할
수 없었다. 그때는 정말로 세라의 죽음이 아무런 의미도 없
는 것이 되어버린다고 생각했기 때문이었다.

아이러니하게도 세라가 자신을 감싸고 죽었다는 사실만이

글렌을 이 세상에 붙들어 놓을 수 있었다.

그리고 세월이 흘렀다.

모든 아픔과 슬픔은 언제 어느 때나 시간이 잊게 해주는 법.

1년 후.

어느 날 세리카가 일을 하나 제안했다.

마침 알자노 제국 마술학원에 빈자리를 채우기 위한 계약직 강사 업무.

그 일을 계기로 멈춰 있었던 글렌의 톱니바퀴가 다시 움직이기 시작한 것이다.

그리고 다시 세월이 흘러…….

~~~~.

"뭐, 그 뒤로 많은 일이 있었어, 세라. ……정말 많은 일이."

제도 오를란도 교외에 있는 앨리스톤 영령 묘지에서 글렌은 눈앞에 있는 세라의 묘에 말을 걸고 있었다.

"미안해, 세라……. 난 이미, 예전의 내가 아니야. 지금은 『정의의 마법사』가 되겠다는 꿈을 포기하고, 교사가 됐어. 이제 두 번 다시 군에 돌아갈 일은 없겠지. 네가 좋아한다고 말해줬던 꿈을, 다시 꾸게 될 일은 없을 거야. 모처럼 네가 목숨을 구해줬는데…… 참 한심하지?"

글렌은 자조하듯 코웃음을 쳤다.

"그렇다고 해서 진심으로 교사가 되고 싶다거나, 새로운 꿈이나 미래를 향해 나아가고 있는 것도 아니야. 아직도 마음 한구석에선 『정의의 마법사』를 포기하지 못하고 있어서…… 모든 게 모호한 상태지. 난 대체 앞으로 어떻게 살아가야 할지, 뭘 목표로 걸어가야 할지…… 아직도 모르겠어. 나 대신 죽은 너에 대한 의리로, 타성으로 살아갈 뿐. 딱히 다른 할 일도 없으니 교사 일을 접지 못하고 있는 것뿐이야."

글렌은 다시 세라의 묘로 시선을 돌렸다.

당연히 돌아오는 대답은 없었다. 돌이 말을 할 리도 없으니까.

"……미안. 나 진짜 한심하지? 이러니 가슴 펴고 널 볼 낯이 없었어. 오늘 이렇게 성묘를 하러 온 것도 실은……. 넌 지금의 이런 날 보면 대체 뭐라고 말할까? 그리고……."

오직 그녀의 죽음의 제외하면, 글렌에게 단 하나 남은 후회. 미련.

그것은 세라가 최후에 남긴 말이었다.

"그때…… 넌 나한테 마지막으로 뭐라고 말하려고 했던 거야?"

당시 글렌은 듣지 못했다.

세라의 유언을 제대로 들어주지 못했던 것이다.

세월이 흘러 어느 정도 아픔이 가신 지금도 그 사실만은 후회가 되었다.

　그때 그녀는 자신에게 대체 뭘 말하려고 했던 것일까.

　매도? 슬픔? 원망? 한탄? 절망? 질책?

　아니면…….

　"……이제 와서 고민해봤자 어쩌겠어."

　그렇다. 이미 어쩔 수 없는 일이었다. 전부 끝난 일이니까.

　글렌이 그 내용을 알 기회는 영원히 없으리라.

　그야말로 잃어버린 마지막 말이었기에.

　"아아아앗! 여기 계셨어! 선생니임~!"

　멀리서 제자들이 부르는 목소리와 뛰는 발소리가 들렸다.

　생각하는 것을 멈추고 쓴웃음을 지은 글렌은 세라의 묘에서 등을 돌렸다.

　그리고 비밀장소를 감추려는 아이가 된 것 같은 기분으로 그곳에서 살짝 이동했다.

　"선생님!"

　잠시 후, 시스티나와 루미아와 리엘이 도착했다.

　글렌은 자신이 가르치는 제자들을 보고 웃음을 흘렸다.

　"다 왔군. 끝났나 보네? 어땠어? 계제 승격 시험은."

　"흐흥! 전 완벽했어요! 그치? 루미아!"

시스티나가 윙크를 하며 자신만만하게 엄지를 들었다.

"예. 저도 꽤 느낌이 괜찮았어요. 선생님이 줄곧 공부를 봐주신 덕분이겠죠. 정말 감사해요, 선생님."

루미아가 기쁜 듯 미소 지었다.

"……응. 나도 시험 중에 엄청 잘 잤어. 글렌 덕분이야."

리엘도 눈가를 비비며 자랑스럽게 가슴을 폈다.

"오, 그래? 수고했다, 애들아(한 놈만 빼고)! 그럼 시험도 끝났으니 페지테에 가서 성대하게 뒤풀이라도 하자!"

"예! 아, 그런데 선생님. 여기서 기다릴 거라고 하셨는데……이런 데서 뭘 하고 계셨던 거예요?"

주위를 둘러본 시스티나가 고개를 갸웃거렸다.

"응? 그야 묘지에 왔으면 할 일이라곤 하나밖에 없잖아? 당연히 성묘지."

글렌은 아무렇지 않게 어깨를 으쓱이며 대답했다.

"예? 성묘라면…… 혹시 군 시절 동료분의……?"

"응, 대충 맞아."

"아, 저기…… 죄송해요. 제가 괜한 말을……."

"신경 쓰지 마. 다 지난 일이니까."

글렌은 시스티나의 머리에 가볍게 손을 얹고 부드럽게 웃었다.

"그보다 얼른 돌아가는 역마차부터 잡자. 놓쳤다간 여기서 하루 자고 가야 할 판이니까."

"아, 예! 빨리 가죠!"

그렇게 대화를 나눈 일행은 묘지를 벗어났다.

그리고 역으로 가는 도중에 옆에서 걷던 시스티나가 뒤에서 리엘을 챙기는 루미아를 확인하더니 슬그머니 귓속말을 건넸다.

"저, 저기…… 선생님?"

"왜?"

"그게, 혹시 선생님만 괜찮으시다면…… 마차 안에서 세라 씨의 이야기를 해주시면 안 될까요?"

글렌은 놀란 얼굴로 눈을 깜빡이더니 곧 쓴웃음을 흘렸다.

"……날카롭구만. 여자의 감이라는 거냐?"

"예?! 아, 아니…… 그런 게 아니라!"

시스티나가 얼굴을 붉히며 허둥지둥 손을 저었다.

"저, 저도 괜한 소릴 꺼냈다는 자각은 있어요! 혹시 불쾌하셨다면 사과드릴게요! 두 번 다시 이런 얘긴 꺼내지도 않을 거구요!"

"괜찮아."

의외로 아무렇지 않은 목소리로 대답이 돌아왔다.

글렌의 얼굴을 보니 예상보다 훨씬 태연한 표정이었다.

"아직도 내 미래는 불투명하지만…… 과거는 과거니까. 거기다 내가 여태 구질구질하게 끌고 있으면 왠지 그 녀석한테 혼날 것 같기도 하고. 그러니 가끔은…… 뭐, 이런 것도

나쁘지 않겠지. 흐음…… 그럼 어떤 것부터 이야기하면 좋으
려나."

글렌은 머릿속으로 내용을 정리하면서 왠지 후련해진 기
분으로 발걸음을 옮겼다.

'……또 올게.'

세라의 묘에 등을 돌린 채 속으로 그런 말을 남기고 제자
들과 함께 천천히 나아갔다.

문득 올려다본 한없이 높고 푸르른 하늘 아래에서.

■작가 후기

안녕하세요, 히츠지 타로입니다.

이번에는 단편집 『변변찮은 마술강사와 추상일지』 10권이 발매되었습니다.

10권…… 이게 결국 10권까지 나와 버렸네요.

10권이면 거의 장편 라이트노벨급이니 말이죠. 당시에는 설마 단편집만으로 여기까지 올 줄은 상상도 못 했습니다.

매번 똑같은 말씀만 드리는 것 같지만 여기까지 올 수 있었던 것도 편집자님 및 출판 관계자 여러분. 그리고 본편 『변마금』을 지지해주신 독자 여러분 덕분입니다! 진짜! 진심으로요!

그리고 역시 이번에도 말씀드리겠습니다! 언제나 늘 정말 감사합니다!

자, 그럼 이번에도 힘차게 각 단편 해설을 시작해보겠습니다!

참고로 이번에 수록된 단편 수가 평소보다 한 편 적은 건 대충 예상하셨다시피 그 이야기 때문입니다(웃음).

○세리카의 남해 대모험

갑작스럽게 억지로 끼워 넣은 해상 모험물입니다(웃음).

아니, 사실 전 라이트노벨로 해적물이나 해상 모험물을 엄청 써보고 싶었거든요.

그런데 아무리 기획서를 제출해도 역대 편집자님께 전부 반려당했단 말이죠!

젠장! 어째서냐! 하긴, 요즘은 마법 판타지와 러브 코미디 전성기라 해상 모험물은 좀 어려울지도 모르겠지만!

그런고로 제 이런 원념에서 탄생한 것이 이 단편이었습니다. 그리고 뭐랄까…… 세리카는 역시 참 써먹기 편리한 캐릭터인 것 같네요.

○집 없는 마술사

이브가 주역인 단편. 이유는 모르겠지만, 작가도 전혀 예상하지 못한 인기를 얻고 있는 이브(제2회 인기투표에서 당당히 1위)입니다만, 본편에서는 늘 험한 꼴을 당하고 있으니 하다못해 개그 단편에선 행복해졌으면 좋겠다……고 생각하면서도, 역시 험한 꼴을 당하게 했네요(웃음).

그야 이브는 무거운 전개, 아니. 험한 꼴을 당할 때가 가장 귀여운걸! 그래서 나도 모르게 괴롭히고 싶어지는걸!

○**뜨거운 청춘의 권투 대회**

갑자기 떠오른 스포츠 근성물. 동기는 불순하지만, 글렌이 보기 드물게 제대로 불타오른 단편이라고 할 수 있겠죠. 거기다 작중에서 주로 개그를 담당한 게 글렌이 아니라 이브와 시스티나였다는 점도 포인트입니다.

단편에선 여러 캐릭터의 다양한 일면을 보여줄 수 있는 게 참 좋단 말이죠.

참고로 이 단편에서 게스트로 출연한 그 캐릭터는 사실 본편 21권에서도 아무렇지 않게 슬쩍 등장하기도 했습니다.

혹시 궁금하신 분이 있다면 꼭 한번 찾아봐주시길(웃음).

○Lost last word

이번 특별 단편입니다.

결국 여기까지 와버렸네요. 예, 집행관 시절 글렌의 마지막 싸움. 글렌과 세라의 이야기입니다.

둘의 결말은 이미 본편에서 묘사한 대로. 즉, 이건 처음부터 배드 엔딩이 확정된 에피소드입니다.

하지만 글렌이 과거에 어떤 일을 겪고 무엇을 두고 왔는지. 대체 어떤 생각을 하며 그녀가 없는 이 세상을 살아가고 있는지와 같은, 이 시리즈의 근간을 밝히는 중요한 에피소드이기도 합니다(그리고 역시 『정의』의 그 캐릭터는 쓸데없이 생기가 넘쳤죠(웃음)).

아무쪼록 집행관 시절 글렌의 마지막 싸움을 끝까지 지켜봐주신다면 감사하겠습니다.

　이번에는 여기까지겠네요.
　본편은 이미 완전히 클라이맥스입니다. 엔딩까지 앞으로 조금이지만, 아무쪼록 마지막까지 잘 부탁드리겠습니다!

　근황 및 생존 보고 등은 twitter에서 하고 있으니 응원 메시지 등을 남겨주신다면 기뻐서 더 힘이 날 것 같습니다. 유저명은 『@Taro_hituji』입니다. 그럼 이만!

히츠지 타로

안녕하세요, 역자 최승원입니다. 정말 오랜만의 단편집인 것 같네요.

개인적으로는 많이 기대하면서도 마음 한구석에선 왠지 모르게 꺼려왔던 그 이야기가 마침내 공개됐네요. 하지만 결국 작업을 마친 지금은 마치 본편의 글렌처럼 한결 후련 해진 듯한 기분도 듭니다. 오랫동안 묵혀온 숙제를 겨우 끝 낸 듯한 느낌.

이렇듯 최대한 작중 캐릭터들에게 열심히 감정 이입을 하 면서 작업을 진행했기 때문인지 본편에선 결국 밝혀지지 않 은 「Last lost word」도 왠지 그녀라면 이때 이런 말을 했을 것 같다는 말이 바로 떠오르기는 했습니다만, 여러분들은 어떠셨을까요?

그 밖에도 단편에서는 여전히 활기 넘치는 세리카라든가, 히로인으로서 맹렬히 주가를 올리고 있는 이브라든가, 여전 히 하늘이 내린 재능을 낭비하고 있는 오웰 등 여전히 즐길

거리가 넘치는 이번 단편집을 재밌게 읽어주시길 바라며 이
만 짧은 후기를 마칩니다.

Memory records of bastard
magic instructor

변변찮은 마술강사와 추상일지 10

초판 1쇄 발행 2024년 1월 10일

지은이_ Taro Hitsuji
일러스트_ Kurone Mishima
옮긴이_ 최승원

발행인_ 최원영
편집장_ 김승신
편집진행_ 권세라 · 최혁수 · 김경민 · 최정민
편집디자인_ 양우연
관리 · 영업_ 김민원

펴낸곳_ (주)디앤씨미디어
등록_ 2002년 4월 25일 제20-260호
주소_ 서울시 구로구 디지털로 26길 111 JnK디지털타워 503호
전화_ 02-333-2513(대표)
팩시밀리_ 02-333-2514
이메일_ lnovellove@naver.com
ㄴ노벨 공식 카페_ http://cafe.naver.com/lnovel11

ROKUDENASHI MAJUTSUKOSHI TO MEMORY RECORDS Vol.10
©Taro Hitsuji, Kurone Mishima 2022
First published in Japan in 2022 by KADOKAWA CORPORATION, Tokyo.
Korean translation rights arranged with KADOKAWA CORPORATION, Tokyo.

ISBN 979-11-278-7388-2 04830
ISBN 979-11-278-4161-4 (세트)

값 8,500원

*이 책의 한국어판 저작권은 KADOKAWA CORPORATION와의
독점 계약으로(주)디앤씨미디어에 있습니다.
저작권법에 의해 한국 내에서 보호를 받는 저작물이므로 무단전재와 복제를 금합니다.

*잘못된 책은 구매처에 문의하십시오.

© Koushi Tachibana, Tsunako 2022
KADOKAWA CORPORATION

왕의 프러포즈 1~3권

타치바나 코우시 지음 | 츠나코 일러스트 | 이승원 옮김

쿠오자키 사이카.
300시간에 한 번 멸망의 위기를 맞이하는 세계를
항상 구해온 최강의 마녀이자,
마술사가 다니는 학원의 수장.
"—너에게, 내 세계를 맡기겠어—."
그리고—
쿠가 무시키에게 신체와 힘을 물려주고, 죽음을 맞이한 첫사랑 소녀.
무시키는 사이카의 종자인 카라스마 쿠로에로부터
사이카로서 누구에게도 들키지 말고 학원에 다니란 지시를 받지만…….
클래스메이트와 교사에게도 두려움을 사고,
재회한 여동생에게서는 오빠를 좋아한다는 상의를 받는
파란만장한 생활이 기다리고 있었다!
게다가 긴장을 풀면 남성으로 돌아가기 때문에,
여성과의 키스가 필수 불가결한데?!

신세대 최강의 첫사랑!

라이트노벨의 새로운 빛! L노벨의 신간은 매월 10일에 발매됩니다. http://cafe.naver.com/lnovel11

©Hiro Ainana, shri 2023／KADOKAWA CORPORATION

데스마치에서 시작되는 이세계 광상곡 1~27권, EX

아이나나 히로 지음 | shri 일러스트 | 박경용 옮김

한창 데스마치를 치르던 프로그래머 스즈키 이치로(29).
『사토』란 닉네임을 쓰는 그가 잠시 잠들었다 깨어나 보니
듣도 보도 못한 이세계에 방치되어 있었다!
혼란에 빠질 틈도 없이 눈앞에는 처음 보는 괴물의 대군이 다가오고,
하늘에서는 유성우가 쏟아진다.
정신을 차리고 보니, 최강 레벨의 힘과 막대한 부를 손에 넣었는데……?!
이렇게 사토의「유유자적, 가끔 시리어스, 그리고 하렘」인
이세계 모험담이 시작된다!!

**최강 레벨과 막대한 재보를 가지고
시작되는 유유자적 이세계 관광!!**